新风 自然之美经典文丛

落日风景

郭 风——著

郑斯扬——编

海峡出版发行集团

海峡文艺出版社

图书在版编目(CIP)数据

落日风景/郭风著;郑斯扬编. 一福州:海峡文艺出版社,2024.8
（郭风自然之美经典文丛）
ISBN 978-7-5550-3782-8

Ⅰ.I267

中国国家版本馆 CIP 数据核字第 2024JR4016 号

落日风景

郭　风　著　郑斯扬　编

出 版 人　林　滨
责任编辑　林可莘
出版发行　海峡文艺出版社
经　　销　福建新华发行(集团)有限责任公司
社　　址　福州市东水路 76 号 14 层
发 行 部　0591－87536797
印　　刷　上海盛通时代印刷有限公司
厂　　址　上海市金山工业区广业路 568 号
开　　本　720 毫米×1010 毫米　1/16
字　　数　180 千字
印　　张　17
版　　次　2024 年 8 月第 1 版
印　　次　2024 年 8 月第 1 次印刷
书　　号　ISBN 978-7-5550-3782-8
定　　价　58.00 元

如发现印装质量问题,请寄承印厂调换

郭风：永远的叶笛诗人

郭风（1918—2010），原名郭嘉桂，回族，福建莆田人，中国散文家、儿童文学家。郭风一生笔耕不辍，创作生涯历经60多年，留下大量的文学佳作。早在17岁时，他就开始文学创作，在23岁时，他首次以"郭风"之名发表散文诗《桥》，这为其进入文坛奠定了某种基调。组诗《桥》有一个敏锐的见解——平凡亦是伟大，这个见解反映了他个人的思想，也折射出他所遵循的批评观。1957年，《人民日报》3月号以显著的位置和大块篇幅，推出郭风的《散文五题》。这五篇散文：《闽南印象》《木兰溪畔一村庄》《水兵》《榕树》《叶笛》，集中描写了闽南的自然风光。诗化的闽南不仅是人物生活的背景，而且作为美好生活的象征独立了出来。独特的视角、诗意的语言和丰沛的情感为郭风赢得了"叶笛诗人"的美誉。与此同时，《文艺报》发表高风的文章《叶笛之歌》，首次提出郭风的散文就是散文诗，指明郭风散文的审美特性。这篇评论文章不但激活了郭风内心的感悟，而且也确证了其散文的艺术理性。而后，郭风又陆续发表散文诗《麦笛》《故乡的画册》《海的随笔》等作品，此时的郭风已经在文坛产生影响，他的美学风格也在叶笛与麦笛的合奏中不断吹响。

　　起初，人们多是通过诗化的南国散文认识郭风，但是他散文创作的重要意义在于他完好地发展了五四新文学中散文诗的创作理路。五四时期鲁迅的《野草》可谓"最为杰出的散文诗"，沈尹默、刘半农、郭沫若、郑振铎、张闻天等人译介的屠格涅夫、波特莱尔、泰戈尔等人的散文诗和研究著作对中国散文诗的产生和发展起到重要的促进作用。俞平伯的《冬夜》、冰心的《繁星》《春水》、许地山的《空山灵雨》、焦菊隐的《夜哭》《他乡》等散文诗集，是现代中国文学史上散文诗重要的起步之作，为中国散文诗文体的定型和艺术理论建设起到奠基作用。郭风是中华人民共和国成立后首开散文诗创作之风的作家。关于郭风的散文，有一个引人瞩目的特点：他把地方风物带入创作中，凸显田园牧歌的意境和情调，创造了一个充溢醇厚乡土气息的南国世界。因此，郭风的散文颇具地方特色，这种创作在现代散文诗中并不多见。郭风非常重视散文诗的结构美，他的创作追求凝练、生动、含蓄，给人以深沉的生命感、强烈的归属感、热烈的幸福感。1960 年，上海的《文汇报》发表冰心的文章说："最近，我又看到郭风的新的散文集《山溪和海岛》。它重新给我以很大的兴奋和喜悦！在这本选集里，郭风所描写的范围更广阔了，情绪和笔调更欢畅了。山溪、森林、海岛、渔村……都被迎着浩荡的东风而飘扬高举的红旗所映射，显得红光照耀，喜气洋溢。这些作品是祖国海山的颂歌，伟大的中国共产党的颂歌！"

　　在散文、散文诗集《英雄和花朵》《曙》中，郭风看见光明、追逐光明、描绘光明，他引领读者在曙光里看到民族的荣耀、人民的意志、英雄的诗情。具体到这些文字的传达里，也是意境新鲜、语言洗练、情感充沛。他用光影和色彩表现奔驰的火车、奔腾的长江、闪耀的海景、古老美丽的村镇，将胜利的喜悦推至山川河岳、日月星辰、花草树木以及万事万物之上，从而发展了一种更为细腻的情感，激发了内在经验，形成新的艺术意味。郭风散文集《避雨的豹》以动物与植物为故事题材，是专门写给孩子看的。《初霜》《丘鹬、溪鲫和虾……》等特别看重知识性和趣味性，具有启蒙教育作用，即便是成年人也能从中收获乐趣。在郭风的艺术理想中，自然美和艺术美之间是相通的，艺术价值从被表现的自然之美中升腾起来，不断形成积极的心理价值。写过《郭风评传》的王炳根曾说："再没有这么纯净天真透明的老人了，他的文是干净的，人也是干净的。他就是个小顽童，有一颗孩子的心……"在《我与散文诗》中郭风曾说："我有一个奢望，这便是：我想通过不懈地、持续地运用诗篇，来描绘自然风景美，以表现一个总的文学主题，即人们的内心如何在感知自然美，内心有多少对于光明、欢乐和美的渴望，不止的追求。这些，关系到人的情操和道德。因而，从某种意义上来看，这是表达一种更为宽广的、永久的政治主题。"

1981年，《人民日报》刊发《我与散文诗》。文中，郭风回顾了个人散文创作的缘起和历程，特别指出一个作家的创作风格和创作观点的形成，与他个人所受教养、成长环境、童年生活存在重要联系，可能影响他的终生实践。长期以来，郭风对散文、散文诗的理论问题进行了许多细致的探讨，发表的文章

遍及各种大小报刊。概括起来主要分为三个方面：散文诗的渊源、散文和散文诗的文体、散文的鉴赏与选本。尽管这些论述还不能自成一个完善的理论体系，但某些文论，如《有关散文创作的书简》《谈散文诗》《有关散文的对话》等已经系统回答了一系列思想性和艺术性的重要问题，为更好地继承与发展中国散文传统提供了方向性的意见和建议。1994 年，郭风在《文学评论》发表了 31 则极富哲理意味的《散文偶记》。可以说，这是郭风又一篇散文力作，再次丰富了他的散文文体，而且还是一篇别具特色的理论文章，更重要的是郭风将他几十年来对散文之道思考的"秘密"公之于世。它综合了郭风以前在《散文诗创作答问》《格律诗和散文》《散文诗断想》以及《有关散文的评价》《关于选本》等文章中提出的思想，并对其进行系统、深入、精简、凝练的哲理性概括。郭风认为，散文中看到的某种人格境界，乃是作家学识、见识、阅历以及气质、品质之综合一体的最高艺术境界。郭风也正是如此！耄耋之年的他还在用自己的智慧和经验推进散文写作的发展，并大力帮助后辈作家们开拓散文写作空间。可以说，他的创作实践和理论建设为我国的散文繁荣和发展做出了令人瞩目的贡献。

"郭风自然之美经典文丛"共计 5 册，分别是《夏日寄思》《枇杷林里》《海边的早晨》《落日风景》《秋窗日影》。为了更加准确全面地呈现郭风散文创作的成就，我以作品发表、出版的时间先后为序进行选编，力求在有限的篇幅之中，展示郭风从 20 世纪 30 年代至 21 世纪初的创作生涯。各分册的书名直接以散文题目命名，之所以如此，是因为题目本身就是郭风情感力量下的硕果，体现了他内心世界的感受、期待和追求。那些贮满闽南风情的散文诗质朴清新、诗情画意、天趣盎然，是郭风散文创作中最具特色和魅力的部分。这些作品多集中在郭风早期的创作中，因此文丛尽可能多地选择了最具代表性的作品，构成了选集的重要内容。

文丛中以"致 E·N"为副标题的散文，实际上是郭风写给一位女性友人的信。郭风以第三人称，含蓄地道出爱与思念，表达了自己的爱慕之情，但这些信从未向友人寄出。在《郭风全集》中共有 8 篇以"致 E·N"为副标题而出现的散文，文丛选择了其中的 5 篇，从中可以感受到郭风慎重处理情感的方式与严谨的个性。

郭风成长在福建莆田，民间的、乡土的文化和艺术深深滋养着他的心灵，从小就培养起对乡土的眷恋之情，成为他最早的审美启蒙教育。他曾说："这种艺术熏陶所培育的艺术趣味，在尔后我的创作实践中，总是给我以某种提醒，某种召唤，某种启示：应该尽自己力之所及，使自己的作品——在这里，我说的是使自己所作的抒情散文、散文诗，具有浓重的乡土气息，具有民间的、乡亲的情绪。"文丛注重选择表现闽南乡间风光和具有乡土生活情景的作品，构成选集的主体，为的就是展现郭风个人的、自我的和精神方面的个性气质。

文丛的选编过程，就是文学经典化的过程——让更多的人了解郭风究竟是怎样的一个人，他一生中为什么会反复描绘自然风物，故乡为什么会成为他终身灵感的来源。这样的疑问以最自然的方式引导人们走近郭风、走近文学，进入议论和阐释

之中，从而进行更新形式的传播。这才是文学经典所追求的理想。

文丛选编内容来自王炳根先生所编《郭风全集》的散文、散文诗卷。诚然，依托《郭风全集》开展选编可以最大程度上避免遗珠之憾，选编工作之所以有序顺利，那是因为我站在了巨人的肩膀上。这里要向王炳根先生致以最真挚的敬意！

在选编的过程中，我还得到郭风之女郭琼芹女士和女婿陈创业先生的支持和帮助，在此特别致谢！阅读这些美文让我收获颇多思索与启发，相信阅读这套文丛的读者，也将与我一样收获愉快与启示。

郑斯扬

2024 年夏于福州

目　录

怀念叶圣陶先生

凡是和叶圣陶先生有关的文章、作品，例如近日发于《新文学史料》等刊上他自己的日记，例如一些作家拜望他以后所写的一些散文，我都认真地读。最近我又读到臧克家所作《一声叶老觉温馨》一文（刊于 1987 年 10 月 18 日《光明日报·东风》），不忍释手。臧克家自己已经八十二岁了，但他以后辈的一种崇敬之情，记述国庆前夕拜望叶圣老的情况。目下五旬以下中年的作家的心情如何，我不知道；对于六旬、七旬乃至八旬以上的作家，"一声叶老觉温馨"这句诗句，似乎颇能真切地表达他们的心情，表达他们对于叶圣老敬爱的心情。

我引入臧文中的一段话："……想想叶老生平，心广体康，淡于名利，全副精力专注于文学、教育事业，奖掖后进，培植人才，建树多多，而不自居功。晚年，爱弄花养鸟，以自娱，现在疾病夺其所爱，而内心平静，不怨尤，不急躁，心中充满和祥之气，对病痛的磨难，泰然、淡然处之，这非有大涵养、有高尚品德是难以做到的。"我觉得这段文字，十分亲切地把叶圣老毕生的为人、他的品格写出来了，把叶圣老晚年的道德境界写出来了，使我从中得到教益。

我在上面提及当今六旬、七旬以至八旬以上作家都可能至

今对叶圣陶心怀一种至敬至爱之情。这是因为，我以为我国的很多——当今已年老了的作家，身受叶圣老的恩泽；他的道德、文章乃至他的待人接物处世的态度、行为、作风在无形中一直在教化、在潜移默化他的学生、后辈……

二十世纪三十年代中期，我正在莆田一个初级中学，以后又在一个师范学校就读。这期间，正当我的青少年时代。我有一篇文章曾经这样写道："记得我是在家乡莆田一个初级中学的课堂里，初次从作品中认识他（叶老）的。但是我国处于深重的民族灾难中，'一·二八''九一八'事件相继爆发。在这样的时局中，读到他的《五月卅一日急雨中》课本选文，在幼稚的心中居然曾经设想：为文应作如此具有民族凛然正气之文。与此同时，我开始成为他和夏丏尊先生共同主编的《中学生》杂志的热心读者。当前年逾六旬的知识界人士，对此期刊想来无不心怀感激之情。它在文学、科学、哲学、美学以至外语知识等诸多方面充实我们的心智；而更重要的是，读者似乎能从《中学生》（顺便说一句，包括当时开明书店出版的书籍）的持重、严谨的编辑作风中间，接受某种性情的陶冶，为学之道的启示。"（引自拙作《关于〈我和商务印书馆〉》，刊于1987年1月17日《文艺报》）我相信，我这一段话多少可以表达我们这一辈的知识界人士对于叶圣老的感激之情。

1933年秋冬间，福建爆发了十九路军将领蔡廷锴、蒋光鼐和李济深等反对蒋介石政权的斗争，在福州成立了人民政府。这便是所谓"闽变"。十九路军曾在上海抗日，入闽后纪律森严，所以颇受福建人民以至全国人民的爱戴。当时，我刚考入福建省立莆田师范学校就读。我于假期内以十九路军的反对蒋政权为背景，写了一篇题为《配民夫》的近似小说的散文，一方面揭露蒋政府的腐败（如拉民夫等）、社会的黑暗和民不聊生，一方面表达了对于十九路军的赞赏之情。这篇作品我寄给叶圣老。虽然未得到他的亲笔回信，但很快得到编辑部的公函：准备刊用。可惜的是，没多久，我又收到一份《配民夫》的发排后的校样，上面印着国民党新闻报刊检查机关的不准发表的蓝色金印。后来，我把这篇习作做一些修改，在我就读的学校的校刊《省师月刊》上发表了（这篇习作，近来由友人的帮助，居然在厦门大学图书馆找到，并复印一份）。这篇作品当然很幼稚。但《中学生》准备刊用它，是以我十分感念叶圣老等前辈关心和奖掖年轻文学爱好者的心意。1945 年 9 月间，我出版了童话诗集《木偶戏》，就是我出版的第一本诗集。我寄了一册给叶圣老。叶老给我写了信，颇为称许。

"文化大革命"后，大约 1978 年左右，画家张人希告诉我，叶圣老在给他的信中曾提及我。这又使我感动不已。我写了信给他，并向他要一帧墨宝。他很快把墨宝寄来了：

舞台联璧群称久，
艺苑交辉我见初。
老眼晴窗沩一乐，
赵丹画与白杨书。

近有白杨赵丹合作书画册。

属题者，为作一绝句写奉。

郭风同志两正。

1979 年夏，叶圣陶

他的墨宝，我立即裱褙了。现在和茅盾、冰心、俞平伯等前辈的墨宝，挂在我的卧室兼书房的壁上，以资激励自己。

后来，我请周哲文刻了一颗印章（边款上刻叶老的诗），托郭公森带到叶圣老的府上。此前，我给他的信中，询及他在福州协和大学等学校任教的情况，并请他为《福建新文学史料》撰稿。他的回信全文如下："郭风同志惠鉴：本月 1 日手书诵悉。哲文先生刻印及拙诗，殊为欣佩。刻我名二字极佳，惜我书法拙劣，又怕写字，使之机会无多。绝句承摄影见贻，深谢。而新加坡周颖南亦复印此幅寄我，于昨日收到。来书言将托郭公森同志将印章交我（来书言 7 日可到京，即是后日矣）。询敝寓电话号码。今奉告，其数为 44·2488。协和大学任教，事在四十五年之前。其时仓前山校舍尚未修建，校址在闽江转折处，鼓山之下，地名魁岐（不知是否此二字）。校舍为白木房，各个美国教师则各有一所小洋房，皆建于山坡上。今时记忆已模糊，且我心思体力已不宜于构思作文，故未敢承应尊嘱，至希垂谅为幸。匆此奉覆，即请撰安。叶圣 8 月 5 日。"

我当时有些莽撞，不思叶老年事已高，竟想请他作文（如上所云，为《福建新文学史料》撰回忆录），至今想来，心中不免为之不安。

最近读了臧克家的《一声叶老觉温馨》，不觉更加怀念起叶圣老来了。尊敬的叶圣老呵！祝你长寿再长寿，我愿意和臧克家一样，"追随叶老脚步跨进二十一世纪门槛"！

寄自福州

（首发于香港《新晚报》1988 年 1 月 31 日）

月亮和倒影

月亮

我对于月亮的最初的记忆，是从祖宅一间小室的天空间看见它时便得到的。那时，我不知道什么是天空，不知道它在天空中有一个人类共同的称呼：月亮。那个时候，我不知道什么是黑暗以及什么是黑夜；我对于物体的感觉，与人类通常表达自然中的物体所用的一切语言，都不曾互相联系。但是，我似乎能朦朦胧胧地感觉，那从天空间投射室内的月光（以及它在室内所生的影？）有一种使我愉快的"存在"出现了……

这种愉快，似乎从那个时候一直留在我的心中？那个时候，也许我是两岁？那个时候，也许我是从母亲的襁褓中看到从天窗间投下的月光和幻影。

——于是，有了一种说不上来的婴儿对于物象的朦朦胧胧的感觉和愉悦……

倒影

（一）

在祖宅的一座名曰芳坚馆的小园中，有一池。池畔有古老的木笔树、假山石；假山石间有棕竹以及在夏季才开始开花的蓝色蝴蝶花。

我不记得在什么时候，自己才开始感觉（发现？）池中有一座倒影的世界？也许是木笔树在春天——它的满树淡红色的花朵照耀在池中时，也许是在夏季——蓝色的蝴蝶花和它的深绿的带状长叶，连同夏季的日光一起照耀在池中时？

也许是在一天夜里，看见池中出现天上的月亮以及几片染着月光的浮云时？有一天，看见蝴蝶和蜂飞过——在池中出现鸟和昆虫之影时？

我当然都说不清楚了。

（二）

那应该是辽远的儿童时代，我时或看见池中有影：花影、树影、假山石的影以及鸟和蝴蝶的影，等等。于是，我在不知不觉之间开始认识池中有一个倒影世界。

——虚幻和美丽，怎么能够结合在一起？

（三）

东山魁夷的画以及他的散文，也许至二十世纪八十年代始介绍至我国来？（也许更早？）我自己是在数年前，我已到达暮年之境时，始见及他的一部分绘画和少数的散文作品。在我

的印象中，以为东山魁夷是一位诗人。

我曾看到他的一幅画（当然是被印在一本期刊上的）。这幅画描绘倒影。画中的水中，有一枚有如黄玫瑰（朦胧而又透明的黄玫瑰）一般的新月的倒影，和一排不知为柳为杨为白桦的透绿的、深邃的树的倒影。东山魁夷的诗意的色彩中出现的倒影世界，似乎隐藏着些微的淡淡的愁虑，有一点近似老人的心境中的肃穆和怀念？这些，我似乎以前还不曾在自己的心中领略过，而一时对我忽然变得如此亲切。

我想到在人的一生中，或者较确切地说，在人的晚年时分，时或有一种机缘，被唤醒去体验一种在心中沉睡的憬悟、惊喜或忧愁？

（四）

我在记录或追忆自己对于世间的水中，包括最早也是最亲切的祖宅小池中，以及后来数不尽次数的、在某些地区的湖水、山泉中，以及旅途中从车窗间所见小河中的倒影世界时，往往念及鲁迅先生的《好的故事》。鲁迅先生在日常生活中（旅途中？）所见到的倒影世界（看来，也许他主要写在山阴道上，在他的故乡所见的倒影世界？）放在看似梦境的世界中加以描绘，这大概因为他认为出现于水中的倒影世界，其实也是人在清醒时所见现实世界中的梦境？又其实是人在虚幻中所见的现实世界的真相？

我想到，鲁迅先生在《野草》时代，已经是一位清醒的现实主义的思想家。

（首发于《文学报》1988 年 3 月 2 日）

成熟

他自己，六十九岁。

他的女儿，二十一岁。在鼓浪屿一所美术学校就读。那里的海、蓝天以及似乎是从花朵和树荫间随风送来的，例如贝多芬或莫扎特的音乐，也许还有她自己的天性，使她心地善良。她似乎也耽于幻想，所以有时写点散文，表达一种天真的感情。

暑假，她从鼓浪屿回来。这天，她看他——她的爸爸躺在阳台的藤椅上休息。

她忽然问他："爸爸，你看我是不是开始'成熟'了？"

"——怎么说的？"

"我举一些例子，告诉你，"女儿说，"看看我算不算开始走向'成熟'了。"

"你说吧。"

"我到你在鼓浪屿的几位友人家中，"女儿说，"不知怎的，我会感觉得到这一位为人高尚，另一位追求虚荣……"

"哦。"他不在意地应了一声，唇边有老年的淡淡的笑意。

"爸爸，是不是说，如果说我开始'成熟'了，"女儿说，"更重要的是在于：我开始认识自己，开始能够'自省'……"

"哦？"

"我发现自己有时会对自己的好友，隐瞒真情……"

"哦？"

他从藤椅上向女儿侧过身来。

"我因此感到羞耻！"

"哦！"他看了女儿一下，似乎显得格外的认真。

"爸爸，我有时会嫉妒。不是对于美貌、才智发生嫉妒，而是对于他人的美德往往产生嫉妒——不过，我会克制自己，抑制内心的嫉妒情绪……"

他点点头，然后闭起眼来。

（首发于《人民文学》1988年第3期，收入《晴窗小札》）

关于爱树

以福州四近的若干名胜古迹来说吧。譬如，鼓山涌泉寺如果没有那些古松、那些古枫掩映山间，而让那些寺墙以及钟鼓楼的殿堂，立于光秃秃的山上，这种景况是不堪设想的。前些年，曾陪同英国来闽访问的女作家柏特夫人到鼓山游览，她除对于殿堂里所供的观音佛像在香烟缭绕中出现一种神秘感，表示赞赏外，到喝水岩途中的几棵古枫也使她深深感动。记得她曾对我说："这里的山、佛殿、岩石和树木，各是构成这个美丽风景区的不可缺少的部分。这些树木真好……"

柏特夫人的这种见解以及她对于树的感情，是很有代表性的。我所接触的外国作家也好，所接触的国内有声望的学者也好，他们到了一些胜地，几乎无不流露一种对于树林的特殊的情意。

再以坐落在离福州市区七十余公里的雪峰山麓的著名寺刹崇圣寺来说吧，那寺前的几株古松，似乎永久地使人的梦魂萦绕其间。那几株古松传说是闽王王审知和祖师义存所植。崇圣寺始建于唐咸通十一年（870年），早于鼓山涌泉寺。寺院几经修葺，而寺前的古松，则历经千余年而长青，使人感到这些古树呈祥瑞之气。与寺隔一山间小盆地，有枯木庵，传闻这里是

义存进山时栖身之所。庵内有枯木一棵，传闻树龄逾三千载，树腹内刻唐、宋、明的题字二十多处，这证明古人对于珍异之树木，也是十分珍爱的。

前两年暮春，我到闽东一些山县如周宁、屏南等地去访问。到了一些屏南县的小山村。这些小山村给我一个深刻的印象是：林木苍郁，溪流清澈，鸟声不绝于耳。尤为使我难忘的是，一些小山村的溪流上都搭一座古老的风雨楼，很像广西壮族村寨间的桥梁；而风雨楼的两岸，必定出现一大片高大的、古老的水杉树，情景显得十分动人。到了这些山村，我就欢喜在水杉林下漫步，在风雨桥上歇歇脚，看看桥下的流泉。

我写了以上的一些情景，似乎在说明心中的一个感受：爱树似乎与一种崇高的心灵、一种朴质的心灵联系在一起；许多古树从种植到现在一直保存下来，似乎与崇高的心、与村野里最朴实的心灵一直联系在一起。

（首发于《福州晚报》1988 年 5 月 19 日）

从"绿纱"说起

"绿纱"是荔枝的品种之名。我原来也不知道荔枝中有此品种。近读《湄洲报》上所刊林祖韩同志的《兴化湾畔古文化村——黄巷》一文，颇饶情趣。其中有一段文字，谈到"绿纱"，不妨引录如下：

> 黄巷还存活着一株"绿纱"古荔枝树。明弘治《兴化府志》记载，就是蔡襄《荔枝谱》中的"火山"品种。农历五月上旬已熟，梗如枇杷，壳绿带点微红。但它脾气很怪，嫁接不活，种子种下不长，好几百年只此一棵；现在还年年结子，累累满枝呢。

我家世居莆田，只知荔枝名品"宋家香"，而"绿纱"即"火山"，却是读了林氏此文之后才知道的。"宋家香"在城厢，我去看过多次。大约三年前，我回莆田一趟，又去看望这棵古荔枝树，只见其旁有两株以"压枝"之法培养出来的幼树，想起这棵生长一千两百余年的古树，居然有了"直系"幼树，感念不已。是年，在游了壶公山的回程中，还到渠桥乡下横山，看到另一棵古荔枝树。这棵树据云高十三米，主干周长据云为

六米，有十七条支干，年产可达两千余斤，粒重二十五克。这棵古荔，据云为宋熙宁九年（1076年）进士徐铎所种，世称"状元红"，又以其树冠壮大，又称荔枝王。我意，如"绿纱"，如"宋家香"，又如"状元红"，皆生长达千余年，而今犹能结果，其曰为树中祥瑞之物，不亦宜乎。

各地生长此类祥瑞之古树，为数不少。我提起吾乡之古荔树，旨在表达两个意思：其一，要加强这些古树的保护、管理工作。这是首要的工作。其二，我以为这些祥瑞之古树的奥秘，值得加以深入的科学考察。譬如，它们何以能生长达一千余年，而青春永葆？（在莆田见到"荔枝王"——状元红时，只见它周围一些年轻的荔枝树，均不及此树强壮）又譬如，像"绿纱"，为什么有特殊的"性格"：嫁接或下种均不能生长？写到这里，提供一段资料。据《荔枝谱》云："火山（按，据上面林祖韩文章，即'绿纱'），本出广南，四月熟，味甘酸而肉薄，穗生，梗如枇杷，闽中近亦有之。"据此，"绿纱"似由广南移植到莆田黄巷，那么，它在当地（广南）如何繁殖？上列种种，似乎都值得进行科学考察。

（首发于《扬州晚报》1988年7月8日）

关于蝴蝶

美国博物学家艾温·威·蒂尔著有一部四卷本的独特的书，曰《山川风物四记》。这也可以说是一部奇书。作者和他的夫人自己驾驶汽车周游全国，并充分利用其丰富的科学知识，对美国的山川风物，特别是对动植物的生活进行考察，写下文笔优美的巨著。这是文学作品，充满作家的想象力和热情，又是科学著作，字里行间，随处出现科学实录和精微的观察、判断和发现。

在本书的第三卷《秋野拾零》的第三十二章《蝴蝶树》，十分生动地记述大蝴蝶的生活习性，或者说它们的传奇一般的生命追求。在这里，我想引录如下一段文字：

海獭在 1938 年 11 月 16 日回来。那一年，"太平洋园林"市议会通过 352 号法令。它写着："因大蝴蝶属'太平洋园林'市的财产，能吸引无数游客造访该市，观赏大蝴蝶，故凡该市市民均有义务竭力保护大蝴蝶，勿使其受残忍无情人士的伤害与摧残。"凡在该法令所定的区域内蓄意干扰或伤害这些来此过冬的昆虫者，均受最高五百美元的罚款及最久六个月的徒刑处分。街道上设有标志引导游客到蝴蝶树村，学童每年在主要街道上举行蝴蝶游行。商会的印章上也刻有大蝴蝶。"跟随大蝴蝶到太平洋园林来"就是此市招揽游客的标语。这真是代表了地球表面一块罕见的昆虫保护地。

我引了上文，主要想写出几点感想。

美国这座太平洋园林市早于1938年便发布的法令，从其措辞看，似乎是为了"招揽游客"，也许就是为了利用当地旅游资源的某种优势或特点，以发展其旅游事业而发布的。从这里，我想，一是居然也发现蝴蝶为其发展旅游业的资源（而不是单纯靠现成的什么名胜古迹），二是既发现了，便加注意，以至发布法令加以保护。凡此，令人赞赏不已。

太平洋园林市为了保护大蝴蝶，在所发布的法令中，规定凡"残忍无情人士"对于园林中的蝴蝶施以"伤害"或"摧残"，则课以五百美元的罚金或处以六个月的徒刑，这属于以法制保护蝴蝶。但不止于此。就我个人来说，虽然此项保护蝴蝶的法令是合宜的，且可能是世上独一的一种法令，固然使我感动，而"学童每年在主要街道上举行蝴蝶游行"，尤为使我感动。要使人们从小便知道爱护大自然，爱护树林以及在林中生活的鸟、昆虫，包括蝴蝶。这是属于人的品质的哺育。

博物学家艾温·威·蒂尔先生，到底是一位科学家，一位作家。他在记述太平洋园林市有关保护蝴蝶的法令以及当地有关部门采取的其他措施后，加上一句自己的见解："这真是代表了地球表面一块罕见的昆虫保护地。"这就使得太平洋园林市

1938 年的 352 号法令具有一种深刻的意义。

（首发于《福州晚报》1988 年 8 月 8 日）

关于野百合花

叶灵凤先生有一册很有意思的散文集，曰《香港方物志》。此等书，一些正人君子可能不太喜欢，甚至作为一项"罪名"加予著者乃至"传播"此书者之头上。这且不管（况且，现在看来也不可能出现此等"盛举"了）。我想引录此书中的一段话：

　　这种百合花，就是我们在香港常见的那种白色的百合花（百合花也有紫红色的，法国小说家法朗士就有一篇小说题作《红百合》。但这种花是以白色为贵重）。有盆栽的，也有野生的。香港的野百合花是受保护花木法令保护的。这条法令是1925年公布施行，对于十一种香港野花加以保护，禁止采摘或贩卖，第五种便是布隆氏百合花。

　　香港和新界的山上，现在这种野百合已经繁殖，这都是不许人随意乱摘的收获……

由于当年清廷的腐败，在中英鸦片战争失败之后，与英国签订丧权辱国的条约，香港乃为英帝所据，此种国耻，吾人不能忘。但从上引文字，我们冷静地想一下，一、为保护某些珍贵野花（如野百合等）以及生态平衡，公布保护花木之法；二、居民大概都能守法，致使譬如野百合花真的被保护下来，"香港和新界的山上，现在这种野百合已经繁殖……"（恕我重复引录）爱美和爱科学如能成为人们的一种素质，成为一种社会习尚，当然值得赞赏。至于说港英当局的殖民政策以及香港社会某些腐朽现象，那是另外的话题了。

上面提及"布隆氏百合花"这个名称（或花名），让我再引叶文《野百合》的一段文字：

被欧洲人所尊重的百合花，乃是从中国移植过去的。尤其是英国人花园中的百合花，被称为"布隆氏的百合花"的一种，乃是在一百多年前中英通商初期，东印度公司派在广州的英国商人，在广州花地看见这种百合花开得可爱，便将它的球根托商船带回给伦敦的友人。这友人姓布隆氏，是由他首先将中国的百合在英国种植起来的，因此，后来就称这种百合花为"布隆氏的百合花"。

我所以不厌其烦地又引录大段文字，是感到这种中外花卉的交流的消息，颇为感人；而这段"花史"中更掺杂着英人入侵的消息。不过，也得想一想，他们把像百合这样美丽的花卉也带到国内去种植了，而且种植得很好。

我还想起另外一事：二十世纪二十年代有美国传教士在我的家乡莆田兴办学校，且定居下来。这位传教士把莆田的荔枝苗带到美国种植。据云，现在美国有的荔枝园，占地数万亩；有我国留学生参观后回来称：荔枝种植、管理以及成熟后的保

鲜工作都做得很好。这位传教士名蒲星氏，所以美国人称荔枝为蒲星氏荔枝。

（首发于《福州晚报》1988年10月28日）

关于香港的自然界

一

对于香港的自然界，譬如它的海、天空以及它的山峦，我迟至 1985 年左右始得以约略观察其景象。1985 年夏秋之间，我第一次到深圳；随后又有三四次或路过，或专程来到深圳及其蛇口；当然也顺路到珠海。初次到蛇口，只见该地到处是从荒丘间开拓出来的建筑工地，到处是未成型的、初具轮廓的道路和大厦。我立于随处堆放建筑材料的海岸上，眺望海湾和屹立于对面弧形的海岸上的山峦。那天无风，海呈灰蓝色，微微发亮，无浪。至于屹立于香港一方的山峦，从蛇口眺望，我所得的感觉是：它相当陡峭、高耸；它又相当贴近海；它使一座繁华的城市、使整个香港与我的视线相隔绝，只望见山麓矗立若干现代化高层建筑，而使山之黛绿以及隐约地氤氲于山间的烟霭等在一种古典景观之中渗入现代色彩……

只有海和山峦之上的天空，似乎保持一种永恒不变中瞬息发生微妙变化的性格。

二

汽车进入深圳郊区，开往沙头角的公路上，心中出现一种特殊的感觉，或者说有一种特殊的感怀。进入这地界的汽车，行驶于盘旋于高岭的公路上；其中有一段公路似筑于悬崖上。车行间，只见悬崖之下隔一条小山涧，对面即为香港的山峦。那山峦青草萋萋，时见若干矮松。本来，这样的自然景观有一种质朴、荒漠之美，却不想在青草苍松之间，出现沿着涧岸在半山间设置的电网，以及在某些制高点上出现的观察（监视）哨楼和英国国旗。那小涧被强行定为某种"界河"。面对这种情景，车行中可以说感怀颇为复杂，很难名状。

在深圳时，曾访闹市中的一个渔民新村。我的印象是，他们都很富裕。新村前是一大片菜地，再前便是目前还为港英当局辖下的香港地区的山冈。山麓亦有电网。而野生的牵牛花从这边与菜地相连的土地上生出枝蔓，一直攀到电网上，并在那里开放蓝色的花朵。由此等小景致触发的情怀，一时亦难以名状。

三

我有时爱读闲书。所谓闲书，也许就是一般所谓可资消遣的书籍？反正是一种不被某些人正视的书籍。不过，就我个人来说，读闲书，有时往往感到不仅仅可以排遣寂寞，甚至可以充实心灵。譬如，读乡先贤梁章钜（1775—1849年）的《浪迹丛谈》以及周亮工（1616—1673年）的《闽小记》、施鸿保（？—1871年）的《闽杂记》等，不仅可以广见闻，多识古代乡情，的确能于无意间裨益心智，并且使胸怀为之旷达起来。

叶灵凤先生的《香港方物志》大约也可以纳入"闲书"之列？此书1958年在香港出版，我看到的是1986年北京三联书店据1970年新版重排的版本，全书一百三十余篇，我毫不迟疑地说，此乃一册好书，文笔颇见认真，严肃。全书就有若干篇谈香港出土文物以及元宵、除夕的习俗，主要谈论香港的禽鸟、花木、虫鱼；概括地说，是一部谈论香港自然物和民俗的书籍；当然，它也是散文书籍，此书引用文献典籍颇当，加上实地考察（请注意，我提及实地考察），以当代随笔体，又以我国古典笔记体的文笔出之。我就是从这本看似闲书的文集中，得知香港有穿山甲、黄麖、水獭、箭猪，还有老虎，有鹭鸶、绣眼、猫头鹰以及蓝鹊等两百余种禽鸟；还有蛇、蜥蜴、蜘蛛、蝴蝶，后者据云有一百二十余种；在野生花卉中，有兰、杜鹃以及野百合……我开始在心中留下一种有关香港的美丽的自然界的印象。

四

此次抵香港后，下榻处为临维多利亚海湾的一所宾馆，拉开落地窗帘可以眺望海湾。所以，可以说是，我对于香港的最初接触是海湾。我一共在此宾馆住了三天三夜，随后即迁至英皇道一所私人的住宅去了。每日凌晨或午间休息之前，我往往临窗眺望（其余的时间，均在外面"应酬"去了）。这所宾馆虽

然位于海滨，但不是码头，又远离市中心和其他闹市。只见临窗下面的海滨公路，一边是就香港地区而言，可称为古老的米栈，另一边是一片看来为某一建筑公司堆放建筑钢材以及搅拌混凝土的广场。只要拉开窗帘，便可以见到一辆一辆载着油罐似的混凝土搅拌器的载重汽车在广场上出出入入，穿梭来往，从容地繁忙。这种情景似乎给海景提供一种当代的，和此地海湾特有的色调、意绪。据《香港方物志》称，在香港欲观野水鸟，最佳的地方当在新界沙田沥源海滨以及新界林村的林中。所以，我从这所宾馆的四楼落地有机玻璃窗间眺望海滩，只有一次看见四五只成群（可谓孤单！）的海鸟从灰蓝的空中飞过，也不知是何鸟。

凌晨所见霞色和云朵的形状，则颇可观。大约抵港的次日我便看见几朵黄色发亮的云彩，在维多利亚海湾远处的小山峦间，浮游又浮游。在这里，自然仍然会给某些人的心灵美丽的赠予。

五

应友人之邀，至九龙逛些书肆。车过繁华的弥敦道时，万万想不到——当我随意抬头向车窗外眺望一下时，居然看见一只拖着长尾羽的禽鸟，从左前侧高层建筑物之间的天空中飞过……我感到极大的惊喜，联想十分奇异。我在车上想：这只鸟，难道就是叶灵凤先生生前所称的：香港最美丽的禽鸟蓝鹊吗？叶灵凤先生对于蓝鹊曾做详尽的描绘——其实，应该说做一种科学的记录，也非渗入主观情感的描绘。当时，我在车上曾经回忆他的有关蓝鹊的描绘或记录。撰本文时，可以引录其原文了：

> 蓝鹊不愧是香港出产的最美丽的野鸟。它的身体很大，长至二十三英寸至二十五英寸，另外还有一根可以长至十五英寸的尾巴。它的嘴和脚爪是朱红色的，头上黑带宝蓝色。头顶上是带紫的珠灰包，胸前黑色，背上是紫灰，双翅是明亮的宝蓝色……

车行中，我又把所见鸟影，与所记得的叶灵凤先生的有关描绘加以对比，自己不敢确定所见的这只鸟为蓝鹊，而以为可能是童年时代在家乡莆田所常见的喜鹊。

不论是否为蓝鹊或为喜鹊，不知怎的，眼见在高度现代化的高层建筑物之间飞过野鸟，心窃喜之。当我所坐的出租汽车在友人门前停下时，我忽然想到，香港的闹市（譬如弥敦道等），其实均皆依山面海，人们坐车或行走于繁华的市街间，两旁大厦林立，其前、其背后的山景、海景均为之所遮蔽。我还想，至于野鸟，不论自海上来还是自山上来，它们飞行时，自空中鸟瞰下来，那现代化的高楼如林的市街，都不过是包围在山海之间的一块小小的地盘。

六

凡初访香港者，一般总要受友人接待，至水上夜总会——

繁华的游轮上环岛一周，从海上观赏香港夜景。在游轮上，可以听一听歌星唱流行歌曲，以及享用自助餐、高级饮料等，这均不收费，因为这些费用的价格在船票中都已计算进去了。

我开始发觉自己对于以所谓现代意识或者以当代商业社会的构思表达的某种景色的感受能力显得迟钝；我甚至发现这种景色中间似乎没有足以激发我的情绪使之亢奋所应有的魅力。游轮缓缓地在香港前沿的海域航行，旨在让游人饱观香港岸上现代化灯火的辉煌？对此，我只朦朦胧胧地觉得其中隐藏着现代社会的浮躁、自我炫耀、奢侈、傲慢以及角逐等使我难以忍受的意绪。在游轮上，我感觉自己的情绪颇不自在。

在游轮上，我偶尔向只出现一片深黑的海的远方眺望。隐约看见好似在模糊的远山、又似是礁岛的低空处，有几颗疏星置热闹于度外，冷静地发光。窃以为此或为香港的一种难得的自然景色，一种海的夜景；此等景色，我竟然于无意间得之。

七

曾至香港中文大学两次。其中第一次是应友人之约，乘车先至瞭望台，然后沿山中公路过新界沙田至该校，看看校景。另一次则是我的七秩生辰之日，应约至该校参观图书馆、中国文化研究所及所属的文史馆（博物馆），参加午餐会等。到中文大学的情况，我当另文记述。这里，先记述第一次赴中文大学途中至瞭望台瞭望香港全景的感受。那天晴朗，但从瞭望台俯瞰香港附近的海域和陆上林立的高层建筑物，只见——笼罩于薄雾中。这种雾景颇见美丽，只见那微妙地消融和在变化的雾，似乎能发出一种微妙的闪光，轻轻地笼罩着海、海上的船、陆上的现代高层建筑物，这使我不觉想到，这真是具有现代美的雾。出瞭望台，车即沿一条夹道为山峦、松林的公路上行驶。这里山上的树林间，闻有望夫石，车行间没有见到；但恍惚间感到这一带山峦仿佛出现一种民间传说的色调。另外，颇值得记述者，是这一带的山地、树林，原来是猴类自然保护区。这真是一种邂逅！行车间，我从车窗间一直观望，果然看见一只褐色的猴子蹲在树梢，似乎在剥食什么水果。有人称，香港这个猴类自然保护区内，有一群多达近百只的猴群。它们的祖先，是否在荒远的年代便繁衍于此？又有人称，现在栖息保护区的猴子，能喝游人所投的啤酒。我想起三年前，曾游湘西北的天子山、张家界及索溪峪，那一带也有猴群出没。我曾在张家界宾馆附近的山岩间，看见树木的枝叶不停地颤动，随即看见三只小猴从树梢跳到树下的石上，吱吱吱地向树上的老猴打招呼。这情景使我想起自然界野生动物的灵性以及野性的感人之处。至于在香港猴类自然保护区所见的这只猴子，似乎其野性也丝毫没有泯灭。

香港中文大学在新界沙田。这里有山，而山皆青苍。此外，当然可以看到海。所以其校景有山海之胜，自然美甚佳。这些，上已提及，将另文记述。但在本文中，我要提及在参观中文大学图书馆时的一件事：我曾在这个图书馆发现保存着叶灵凤先生生前所收藏的《图书集成》（什么版本，一时未及考察，只见

是线装本）。这部卷帙浩繁的巨大类书，我以为是世上罕见的百科全书，闻由叶灵凤先生的夫人赠给中文大学。上面提及的《香港方物志》，有些地方的写作，可能得力于这部类书，不过，这也许是本文的话题以外的话了。

还要提及《香港方物志》。叶灵凤先生在这本书中说，港英当局于 1925 年公布法令，保护香港的野生花木，计十一种。野百合花、杜鹃花在被保护之列。又称（上面也已提及），沙田等地为香港观察野生禽鸟的佳处。可惜的是，在中文大学时，不及登山游览，也未观海，所以未见及《香港方物志》中所提及的一些飞禽、野兽。至于野百合花，因为不是它的花期，自未能见到。倒是在校园内的山坡上看到淡紫的、粉红的杜鹃花。时值阳历 2 月，看来这为法令保护的杜鹃花的花期很早，它使我感受到香港妩媚的一面，温柔的一面。

（首发于《厦门日报》1988 年 11 月 11 日）

猫

儿子回到我的故乡，料理一点私事，例如土地、房屋登记等事宜，次日便回到福州。那天下午，我刚好也从香港回闽。我只带了一批书籍，儿子也什么都不带，却从堂嫂家中携回一只幼猫。

我的女儿、我的刚上小学一年级的孙儿，都喜欢猫。我记得他们都曾提及，家中是否养只猫。至于媳妇，看来无可无不可，只见她一味微笑。不管如何，那天家中似乎特别出现某种快乐，某种新的和谐。我把自己携回的一批书籍，大体分类后放进书橱。此等事，对我来说似为一种惬意的休息，且感快乐。

南方的冬季的黄昏，不觉间来到我的书室。我正要扭亮电灯时，女儿和媳妇一起喊我用晚膳，孙儿也跟着她们喊我。居室狭窄，客厅兼作餐室。我有一个习惯，用餐时喜欢观赏悬于壁上镜框内的、先五世祖郭尚先（兰石）的一幅画于扇面上的兰花。我在桌上很少言谈，这天也一样。当我在观赏画中的兰花时，不意间感到近处有一种小动物的呼吸。转眼一看，才知道是那只刚刚来到舍下的小猫，正蹲在浴室半掩的门口望着我和我的家人，目光中，有幼小的猫对于陌生环境的惊异，以及在它看来可能存在某种危险因素的本能之警觉；还有其他情

感？不过，我在心中对自己说，我们的和善，这只幼猫将会逐渐感受得到；它会逐渐适应我家中的新的环境的吧？

我惯于早睡。安徒生童话中的梦神奥列·路却埃，的确常来访问我，他常引我入童话世界，譬如看见一只蝴蝶向一朵郁金香求婚。这天，入梦以后，我却独自重游香港的海洋公园：只觉得我沿着长廊前行，电灯照亮的玻璃柜内（极其巨大）的海洋中，可以望见岩石、海底的山峦、珊瑚、海蚌、海参以及岩石上的海葵，可以望见出现于海底山峦间的鲨鱼，以及扁圆形的、方形的、阔唇的、高翅的、各种彩色的鱼类，正在自由地游泳；我望着这玻璃柜中的海洋，在梦中设想：将人性中最善良的部分给诱发出来，使之始终致力于那些能够造福于人类社会的科学技术，这的确并非不能实现的理想？大约我在思考时，不意间听见一种幼稚的、似乎也能够使人感到悲伤的啼声。我因此醒过来了。只觉得这时大约已经夜半了，我到浴室去，只见幼猫蹲在瓷盆近旁，仍然咪咪地叫。我在心中想，这由于夜寒？由于对这里感到生疏？像小猫如此的小兽，也会思念，它本能地感到自己孤零零地处在陌生地方，失去一种爱和保护？

过了几天，这只小猫已习惯和我们相处了；我甚至有一个感觉，它已把我们的家作为自己自由游玩的天地。这只小猫，到我们家里来时，才出生三个多月，有一对黄宝石一般发亮的眼睛，纯白的毛。它常常会从我的书室直奔出来，穿过客厅兼餐室，直往我的女儿、儿媳和孙儿的卧室追逐，好像前面有什么可以捕捉的东西，有它的假想的猎物；它会立起身来；它会去抓窗帘上垂下来的拉绳；它会抓纸团，会弓腰，用前爪洗脸。这些动作，都天真可掬。最有趣的是，有一天，在客厅里，我的孙儿坐在我的摇躺椅上，用塑料带子系住一只绿色的塑料乌龟（我的孙儿的玩具），不住地抖动，逗着小猫玩。这时，只见它会故意从远处追逐过来，抓住绿色乌龟，又放松；又仰卧地上去抱住乌龟；又放松、跑开，随后又从稍远处跳起来，抱住乌龟。这时我的孙儿把塑料带子不住地、忽高忽低地抖动，只见小猫对着出现在面前的乌龟，不停地跳上跳下，这些动作多么天真可爱，表现一种小兽被逗引起来的本能的快乐。我要说，在我的一家人中，这只小猫的最好朋友，应该说是我的孙儿。每天放学回来，小猫总是踮起两脚，在门口欢迎我的孙儿。

我想，这只小猫在我们家中会很好地发展它的天性，按它的天性过日子，和我们一起和谐地生活。

（首发于《天津日报》1989 年 2 月 16 日）

涮羊肉

　　说起北京的风味食品，免不了提及涮羊肉和烤鸭。我只吃过三次北京烤鸭，这都记得起来。第一次大约是1959年4月间，中国作家协会由老舍先生做主，邀请几位当时在京参加某一会议的同行，于王府井全聚德品尝烤鸭。席间老舍先生讲了哪些隽永有趣的话，一时都记不起来了；但有一个总的印象，即他为人平易近人，对于北京故典以及遗闻轶事极熟悉，凡此，都值得回忆。第二次，是在1979年，一次全国性文艺家聚会期间，蔡其矫同志做主人，在北京动物园附近一家烤鸭店里请客。在我说来，似乎初次意识到北京烤鸭，贵在皮酥。这也是值得回忆的。第三次，是1981年出访菲律宾将返国时，菲总统府文化官员，代表政府在马尼拉北京饭店举行的欢送中国作家代表团的宴会上，有一道菜是北京烤鸭。由于系在异域尝到祖国首都风味，自然难忘。至于涮羊肉，只在1981年左右，似乎也是在全聚德才初次领略其风味。不过，当时已用机器切成的羊肉片，不知怎的，总使我无端感到惆怅，甚至心中出现说不清楚的失落感。

　　1988年11月间，至北京参加一次文人聚会，住在万寿路一家招待所，这是首都一条冷僻的小街。一天傍晚，福建籍的青年女诗人 A 君和年轻的小说作家 B 君，约我到附近一家小店吃涮羊肉，由 A 君做主人。至店后，文笔清丽而体格强壮的 B 君，即至小店后面的小窗口，向店老板订菜。我和 A 君先找了座位坐下。A 君到底是女同志，有洁癖，一坐下即从小提包中取出一束外国进口的手纸，分一半给我。我随着她用手纸擦桌。不想我们二人擦了一束手纸，纸上还是油腻。她又取出一束手纸，我们二人分擦桌面，结果擦到最后一张纸，只见纸上仍是一片油腻，二人只好相顾而笑。

店内安排五六张方桌，全坐满顾客。其中有的是一家老少同来的，当然，免不了有一些过客。不全是订了涮羊肉，大半的顾客只叫了阳春面、抹面之类的"低档次"的面点，这使我想到，看来他们并非为了一饱口福，而是为果腹而来的。店内电灯暗淡，且看不到什么特别（流行的？）装潢，我感到这里的顾客吃得津津有味，并且显出一种满意的、知足的神情；的确，我甚至感到，这小店的环境对于光临的顾客来说似乎有一种亲切感，这里至少没有虚荣和庸俗。大概由于有了这些感觉，我很快适应了这个环境，来时看到桌面上的那种油腻，一时也无所谓了。

B 君从小窗口订菜后来到桌边坐下时，我才知道他一共订了六份涮羊肉以及大白菜等。按我平日的食量，一份涮羊肉便可能太多。正思量间，堂倌（服务员？）已将若干碟蒜泥、辣酱、醋姜以及大白菜端到我们桌上。而正在这时，大概由于我们的座位靠近店铺后堂的门口，一时听到鼓风机之声大作。只见后堂门内泥地上，鼓风机正对着涮羊肉的火锅吹风。火锅中

间铁筒内的木炭一时放出融融火光，并且不断迸发出火花。应该说，正由于电灯暗淡，这火光、火花显得明亮、活跃，更加吸引人；我觉得还应该说的是，这小店内鼓风机所吹出的木炭火光和火花，以及鼓风机本身发出的风声，一时使我想起那辽远的岁月，在我的童年，曾在乡村或某一小镇打铁铺里，看到师傅用铁锤在铁砧上敲打马蹄铁或者镰刀时溅出的火花，听到鼓风箱吹风的声音。这样，我感到这小店出现某种已经消逝的情调。

随着，那只火锅中的炭火烧得旺旺的，被端到我们的桌上。我们开始自己随意调料，用筷子夹着白菜放进滚烫的沸水中，又各自随意把羊肉在沸水中涮起来……不觉间，不仅胃口颇佳，谈锋似乎亦健；大概东西南北中、上下古今随意拉扯，其间可能出现诗人的警句，小说作家的格言，只是我未能及时记下；思想的闪光一如闪电，瞬息即逝，即使言者本人，说过了也即忘得一干二净。但我当时有一个感觉，人在无拘无束的场合，或者，人在暂时忘记外界的某种干扰时，思想总是活跃的。

当我们边涮羊肉边高谈阔论时，小店内的电灯忽然熄灭了——有人（顾客）说：停电！说时迟，店堂倌立时为我们，也为其他顾客点了蜡烛。这时，只觉得柔和的烛光能够把小店照出某种我说不清楚的情景，这种情景，似乎有点熟悉，又似乎很辽远、很模糊，而现在却出现于自己的周围。我记不得在烛光下，我们又继续谈论一些什么。也许曾谈论一些当前文学的热点问题？可是，的确都模糊了，记不得了。但无论如何，我觉得这一次在首都一条冷僻小街的小店吃涮羊肉时，所体验的情景，将是难忘的。何以如此？看来我又说不出道理来。

（首发于《天津日报》1989 年 4 月 13 日，收入《晴窗小札》）

杉坊村

一棵古柏

它好像有一双手套。在中午人们休息的时候，把手套套在双手上，去捉日影、鸟、云和吹过的风。

它还有一个口袋。

它用白云把月亮包了一下，然后放在口袋里，在夜间人们休息的时候，在雏鸟睡眠时。

一棵白杜鹃树

（一）

（它开放雪白的鲜花。）

荒凉的冬日，由雪来装饰丘冈，盖着茅草的村舍，自留地的篱笆，长在岩石、村路和小径上的衰草。后来雪融化了，雪水注入它站立的丘冈的泥土中去……

它天天饮下丘冈深层里保存的雪水：纯洁和白色的诗情。

（二）

（它开放雪白的鲜花，你们知道吗？）

它观看空中不动的云和流动的云，有时也观看山间流动的雾。

时常向太阳询问，让太阳回答它的疑问。

它也听村中溪水传来的声音。

它的心中有种种在自然景象中流动的情意以及它自己对于自然的天真的理解和疑惑。它开放雪白的鲜花。

（注）二十世纪七十年代，我举家旅居于这座只有三户的小山村。这首散文诗，我当时曾作为一个自编的故事，说给儿女听。

（首发于《人民日报》1989 年 5 月 8 日）

香港随笔

太平山·水上夜总会

　　香港的确有一些值得为当地居民感到骄傲的东西。去年冬春之交，初次到香港。某晚，在三联书店香港分店工作的几位友人，约我在一家饭店里品尝潮州菜，饭后，该店编辑部一位负责人（是位作家）热情地向我建议：一定要上太平山观赏香港的夜景；他说他到过不少国家，但一如香港这样的大都会，可以登山观赏为现代化的建筑和电气照明所装饰的都会夜景，似乎还颇为难得。但我有早睡的习惯，尽管，这位同行说他要请他的秘书小姐陪同我上太平山，我仍然固执地不愿意打破自己养成数十年的生活习惯，而委婉地辞谢了。只是他对于太平山的尊崇之情，为我留下深刻印象。去秋再次访问香港时，便把上太平山安排为此行的一项"重要议程"。那天，我和同行友人乘坐电缆车上山，以后又在一家餐馆里用自助餐。不论电缆车上行时从车窗间，或坐在餐厅里从玻璃窗间看香港的山景以及远眺海景，都具有一种现代感；具体地说，即具有一种现代科学技术渗透于自然景物之间的现代美感。举例来说，一对对的电缆车悬空地来往于山间，以及远眺中出现于海湾上的巨船和装卸货物的巨大吊车，这种景观只有商业经济十分发达并能充分运用现代科学技术的大都会，始可见及。

那天上太平山，是在上午，山上轻风温煦，日影明丽。但到底是在白天，友人所津津乐道的从山上观香港夜景的赏心乐事，只能寄希望于来日。不过，两次访港，均应友人之邀，到过水上夜总会。乘轮船沿香港海岸线缓缓行驶，让旅人们从海上观赏香港夜景。第一次访港时，时值春节前夕，只见岸上的高层建筑上闪耀各种形式和色彩的用霓虹灯装置的图像，非常豪华和富丽，确实足以表现一种繁荣的景象和气氛。也不知是怎么回事，也许因为我从内地来，也许由于自己心中早已渗透一种小康思想，看到此等豪华景色，心中竟然想到，这也许是对于能源、电力之极大消耗、浪费。但我也想到，在商品经济大发展的地方，竞争意识使大银行家、大企业主天然地要利用各种时机和手段表现自己的存在以及竞争力。而他们在宣传自己方面所付出的一切费用早已消化于成本核算并通过商品流通从消费者的衣袋中取回了。

地铁·水族馆

香港的若干公共设施以其与现代的高科技相结合，即它们的设计、施工建筑以及随后的日常管理无一不是现代高科技的成果，而引起举世的瞩目。自香港至九龙所开设的海底隧道，不言其他，单言其通气设备之完美（每日通车不知其有多少辆次，而隧道内不见尘灰，未含废气），不能不令人赞叹。至于地

铁，至少有两点能给予外人（以及当地人？）以深刻印象。一是工程规模极大，几乎把香港岛内的各主要区域均以此地下交通网络贯通了；地铁的各进出口以及车站工程设计亦极合理，显得宽畅、舒适；二是运用现代科学技术的管理所出现的高效能。譬如地铁的客票管理采用电脑控制，秩序井然。我要顺便在此写下一笔，即地铁以及火车上均很整洁，这与当地的以法律管理市政（当然，基本上需要"执法如山"，否则再好的法律也不过是一纸空文）与公民素质不无关系。由于具有海底隧道和地铁等现代化交通设施，所以香港各主要市街的交通秩序良好；这才能与高度发达的现代经济发展相适应。

我以为香港海洋公园内的水族馆和同样有名的太空馆，是用现代科学技术创设的、用以普及现代科学技术的两座科学宫。这实在是两处令人流连忘返以及令人怀念的科学殿堂。海洋公园中的海豚表演以及太空摩天轮等游乐，都具有现代情调；但我以为最严肃的、最足以表现当代科学成就之综合运用的水平以及科学家的想象力的，莫过于水族馆。水族馆几乎可说是海底神秘世界的一个缩影——这个缩影硕大无比，以致我有一个联想：它是海底神秘世界的人工再造与再现。在这座再现的海底世界中，海中的礁石、山峦、石穴、石洞以及一切海藻、海树、海带、珊瑚、卵石，沙滩，等等，一一被集中到此了。那些海螺、海贝，那些龙虾、金枪鱼、海龟、鲫和鲷、虎鲨……一一被集中到此了；写到此，我要坦率地说，水族馆所"招引"来的各种鱼类，贝类，各种海中的生灵，包括藻类、软体动物等，简直千奇百怪，百分之几十，我都说不出他们的"姓氏"

来了。

对于这样一座巨大的水族馆，我还要说，自然不仅仅使人们局限于受到海洋生物科学的教育，人们在这里可以从智育、美育等诸多方面受到熏陶。至于太空馆，我觉得人们可以在此通过众多的电子望远镜观察太空和宇宙的美丽和奥秘，在太空馆渺茫的宇宙空间仿佛近在目前。我想总的说一下，现代科学技术用于发展、普及科学本身以及为群众的高尚娱乐和提高群众的精神素质服务，这总是令人向往的。

女人街……

去年两度访问香港。大半时间消耗在一些宴会以及座谈会上，未能深入到某些底层的民间的社会中去，所以看到的可能都是一些表面的，乃至使我眼花缭乱的景象。两次在香港，时间都很短，以致一位香港诗人在送行时，有些惋惜地对我说："在港待的时间太短促；香港社会十分复杂、丰富，如果能够接触多方面的社会生活，可以帮助你更深刻地理解当代人的人生和当代社会……"这是诗人的语言及其体验，照我的情况来看，要实现他的这种意图是不可能的，但我深知他的话是有道理的。

我第二次访问香港时，住在九龙旺角。附近便有所谓女人街、男人街等，我却始终没有逛过这著名的、富有特色的街道。但我知道，这样的市街，只有在像香港这样的商业经济高度发达的世界性大都会中才可能出现。它们可能是为了适应某些消费层次的需要而天然形成的。这里商品价格低廉，品种繁多，

但粗制滥造以及欺诈则同时出现。像男人街、女人街这样的社会，如果能深入其中，其内容的丰富性和深刻性，其能从某一侧面说明资本世界的本质，我想不至比从某一金融财团、商业财团中所得到的认识浅薄或者逊色。

我似乎至今还未见到表达关于女人街、男人街这类特殊商业市场的抒情散文。

庙市

有一天晚上，尽管我很疲倦，但还是跟着一位香港小说作家去逛了庙市。这里有一座天后宫即妈祖庙。我怎么也没有想到，这一带的电灯十分幽暗。我要瞻仰妈祖庙。庙中供奉的是出生于我的故乡莆田湄洲的女子林默的神像。我从小听到有关妈祖的民间传说，她是一位拯救民众于苦难之中的海上女神，故乡人均昵称她为姑妈。我知道香港、澳门都有几座天后宫即妈祖庙，十分高兴。到香港后，一天下午曾到天后道去瞻仰天后宫，也曾在清水湾的天后碑前留影。老实说，我似乎从小就在心灵中建立某种近似宗教的信仰：要免除人们的苦难。这种信仰和家乡人民尊崇妈祖从而造成的一种神圣氛围不无关系。所以，我每到一处，只要听说那里有妈祖庙，便渴望前往瞻仰。来到庙街时，不仅电灯暗淡，而且围墙的大门也关闭了，所以我只从门槛外面，看围墙内的庙宇和树，心中充满一种崇敬之情以及怀乡之情。

是的，整条庙街不仅街道狭窄，而且灯光十分幽暗。在这里，可以看到各色的江湖中人。可以看到变戏法的、卖唱的、说唱故事演义的；他们中，女的涂脂抹粉，穿着旗袍，男的穿着长衫，脸色仿佛被鸦片烟熏成乌紫色或茶色；他们在竹棚下卖艺，围观者看来还不少。除此以外，整条庙街的两旁，全是算命摊、拆字摊、看相摊，以及卜卦和看风水的，他们自称为大师，为某一祖师传世的徒子徒孙，他们中有穿西服者，有穿长袍者，有老有少，有男有女。到此问津者，不外是香港的底层群众乃至贫民，为数也不少。老实说，对于此等景象，我并不觉得奇怪，反而认为这是颇为自然的现象。

人类有时免不了显得很脆弱和缺乏判断力（至少在当前是如此的）。听说，某一号称发达的国家的元首（总统？），在决定某一重大决策之前，往往向上帝祈祷。从宏观来看，宇宙的奥秘以及人类本体的奥秘，似乎还未能予以科学的揭示。爱因斯坦在晚年，显得很"孤寂"；他既承认量子力学所取得的成就，又怀疑它已接触宇宙、物质存在的真正规律。由于人类存在各种层次的迷惘，由于人类实际上还处于十分幼稚的阶段，庙市之类的景象其实在世界各地都存在的，哪怕是一如香港这样已经具有高度科学文明的地带。

宋城·蜡人馆

与以当代的高科技设计、建筑和管理的太空馆和海洋公园中的水族馆等相比，香港的宋城虽然是小巫见大巫，却也是当地一个著名的参观、游览点，另具一种趣味。

　　我到过宋城两次。入口为一座宋代城楼，入城门后，即见城墙上悬挂一道通缉令；第一次来到宋城，还见通缉令旁悬一首级，但第二次来时，此首级已被摘下，不见了。城内有小河，河边柳荫下停一木船；有桥，有茶楼、酒肆，有王公的府第和花园，有点心铺、中药铺，有广场。此广场之后为一神殿，其前面隔小河即为酒肆，酒旗在飘扬。旅客坐在神殿的石级上（备有蒲团，可为坐垫之用），观看广场上的杂技表演和耍猴；此外有两个节目似乎引人注目，一是扮演宋人招亲、出嫁的故事、礼节，扮演新娘者，坐在花轿中，由扮演的轿夫抬着在广场中行过，此外有打锣的、吹唢呐的以及媒婆、伴娘等吹吹打打一起行过，一时眼前出现一种模拟的、扮演的古代嫁娶的热闹！此外，还扮演了潘金莲、武大郎和西门庆之间的故事，其间潘金莲与西门庆的调情，即在酒楼上表演，观众隔小河可见，古代的淫乱场面真似出现在眼前！当时，我想一个文学问题：把潘金莲生理上的淫欲放纵，与她的追求个性解放、婚姻自主的反封建意识融化于一起，以塑造艺术形象，使《金瓶梅》作者做出具有开拓性质（或先锋作用？）的奉献。单纯地把那些调情场面拿来表演，当然是庸俗的、拙劣的。

　　第一次到宋城，因为时间紧，未能参观蜡人馆。所以第二次来，主要是为了看看蜡人馆的。蜡人馆按中国历史朝代的次序，陈列各时代的代表性人物，在古代有孔子等，在现代有孙中山、毛泽东、周恩来、蒋介石等的蜡像。这里不觉成为人们接近历史和思考历史的课堂。

关于神庙

在香港期间，并没有特地安排时间去访问某些古迹，包括神庙等。但特地去瞻仰了位于铜锣湾天后道的妈祖庙（天后宫）。一位香港友人、小说作家邀我去逛庙街的夜市，但促使我去庙街的，包括我想借此机会去瞻仰那里的一座妈祖庙的愿望。这两处的街名，即天后道和庙街均与妈祖庙有关，特别是天后道恰与英皇道（殖民主义者强加的街名）相邻，对于我来说，以为颇堪玩味。位于天后道的妈祖庙，保存得颇为完整。我手头有一册《图片香港历史》，此书中有一幅摄于1880年的天后道妈祖庙的照片，这张照片看来是从左侧拍下妈祖庙外观的全景，石阶上还坐着三五位留着辫子的朝香客。从这张照片看，当前的妈祖庙与十九世纪后期相比，几乎没什么变化。这是一座近似我国南方祠堂的庙宇，庙前石庭颇为宽敞，有一尊同治年间所铸的铁香炉，看来也完整无损。而在妈祖庙四周，均为高层建筑，这座古庙显然是被有意地保存下来，而且保管得也颇好。天后道上离妈祖庙不太远处，还有一座关帝庙，规模很小，庙宇狭窄、陈旧，栋梁为香火熏黑；看来也是被有意地保存下来。

至于坐落在九龙庙街的妈祖庙，因为是在晚上，而且路街暗淡，又因为庙前筑着围墙，墙门关闭，我只在门外看到庙宇和庭中的树影，庙容到底如何，则看不清楚了。这座古庙看来是保管得较好的。

香港著名的古庙，首推黄大仙庙。我听一些友人说过此庙香火的旺盛情况以及有关黄大仙的民间传说广泛流传的情况。十分遗憾的是，我两次到港，均未能访问此庙。但是几次去沙田中文大学，车快到猕猴保护区附近的山上时，可以从车窗里眺望黄大仙庙，只见为附近的高楼大厦及绿树所掩映，庙宇的黄琉璃屋瓦显出一种近于古代帝王宫殿之气象。毋庸置疑，黄大仙庙在香港当是被保管得很好的古迹。

以上所提及的古庙，不用说，表达了我国古代的某种民间的宗教意识，带有浓厚的东方文化色彩。这些古庙（文化古迹）能相当完善地被保管下来，我觉得这中间只能有一个解释（或主要理由），这便是东方文化的强大生存力量，它不可征服。当然，也说明港英当局的文化、宗教政策有其可取之处。

关于月亮的书

龙年之冬季，我第二次访问香港（第一次在今春），在一次有几位文学界人士在座的午宴上，遇见陈藩庚先生。我们乃初次相见。他很年轻，恐怕只有三十出头？我正步入古稀之年。不想几句寒暄之后，我个人很快有一种彼此之间相知甚深之感。

陈藩庚先生向我提及，他正着手编选一册书籍，专收作家有关描绘月亮的篇章。坦率地说，这立时引起我的兴趣。我想，这将是一册别致的书籍，而此等书籍，人间早应该有了。

人类对于美之最初的感受，一种朦胧的，就是说并不那么明确的，一种诉诸良知和直觉的，一种几乎接近本能（本性？）

的愉悦的感受，这，我个人以为除了母爱之外，可能表现为对于月亮和花朵的爱慕（以及惊奇、赞美……）；这种爱慕，随着人的阅历和修养的深化，而显得更加深刻。

作家、诗人描绘月亮，写出他们对于月亮的感觉，一如他们在作品中描绘花朵，赞美母爱，其实不过是人们的天性在文学创作上的一种自然流露，不值得大惊小怪。总之把历来文人所作有关月亮的片段或篇章，收集在一起，付梓问世，是一种很文雅的文化活动。

关于财神

在香港某些颇见现代化的商场——这些商场往往划分为许许多多的商店，租赁给某些老板吗——你可以发现商场里那些出售现代化商品，譬如家用电器乃至最流行的化妆品的商店，往往在货架上腾出一个位置，供奉穿着中国古代龙袍的财神，点着中国传统的香火。有一次，我至内地某省在港的一个茶庄的办事处找人；这个办事处在一座高层建筑的三楼，尚有其他外省商号的办事处，只见办事处工作人员的宿舍里，壁上也有供奉财神的神龛。访港期间，还在一些居民的门前（他们多住在高层建筑某层某一单元，门前各有铁门，可上锁），看到用以点上香火的香炉或铁罐，但不知供奉的是财神还是土地爷。这些景象给我一个印象，在香港，商号或居民间供奉财神之举，颇为普遍。

去年第一次访港，正逢春节前夕，而圣诞节刚过不久。香

港的高层建筑和商号、街头乃至公共游乐场所，节日的气氛显得浓厚而强烈。也许因为圣诞节已经过去了，也许因为我在港无洋人或本国的基督教徒友人，所以在市街或在居民家中，看不到基督教的宗教节日景象，譬如圣诞老人或圣诞树等。而在市街，特别是诸如九龙弥敦道等闹市，甚至看到挂在水泥电线杆上的福、禄、寿三星的巨幅图像，在九龙公园看到挂在入口处的三官赐福的巨幅图像，这些图像入夜时，装在其上的彩色电灯灿烂地发亮，格外引人注目，又似乎能够给某种饥渴的心灵以奇妙的慰藉。我在香港时，感到中国几千年的旧风俗在一个世界性的现代化大都市广泛地、顽强而安稳地继续流传下来。至于上面所谈到的财神，是否可以说，几乎成为一种信念，不仅有可见的神龛和香火，更有建筑在心中的神龛？

　　总的，我有这么一个看法，在香港，在资本主义和殖民地经济占统治地位的香港，在商品经济发展到如此高度水平的世界性贸易大港，中国某些传统文化与资本主义文化如此紧密地相结合，互相选择共同点地相结合，出现奇异的文化景象。在这种景象中，中国某些古老的文化居然突出地、顽强地表现自己。

（首发于《散文百家》1989 年第 5 期，收入《晴窗小札》）

蜂巢

——致 E.N.

在这园中，有一种细腰的野蜂，又在叶丛间造巢了。我要告诉你，夏季又复来临。不知怎的，当我在园中发现一个蜂巢时，我会亲切地感到夏天来了。这是一种颇为有趣的联想，我自己也不明白，我怎的会有这种联想。但是当我发现那个蜂巢时，我明白我为什么会如此快活的：因为这里面包含着我小时得到的一种经验，或说一种知识，那些快乐的夏季，在我们放暑假的时日里，都在这园中游玩。据我所知，那些野蜂常在水缸里喝水（那是浇花用的）。我们等着，看它们从水面飞起，又飞到那个花丛里，从而我们便可以发现它们的居处。我不记得在什么时候获得这种经验，只是现在我又以这种办法来发现蜂巢时，你想得到，我是很快乐的。

现在，我可以常常来观看这个蜂巢。我竟然觉得这是一件完美的作品，它能够使我看不厌的。不，不如说愈来愈喜欢看的。我觉得不必来表述蜂巢构造的精巧。起始我以为它好像一个松果，立时我感觉这个比喻不确切，因为那还不能使人想到野蜂的才能，它们工作的专注和勤劳等。记得有谁说过：一件我们所尊敬喜爱的东西，只容在心中感动。这句话真是说得不

错。你不致笑我：那么小小的一个蜂巢，值得大惊小怪？不，我想，多少次了，我想如果能和你一起从叶间去观看那小小的、素朴的、构造超凡的蜂巢，并一起来探索蜂们劳作时奇妙的构思，那有多么好！

我们都知道，蜂是一种勤劳的昆虫。这种细腰的野蜂，可能是蜂类之中性情最为安静的一种。那透明的细翅，飞起来时嗡嗡作声。它们从水缸里喝了一点水，少顷，又飞进叶间了。我看见它们那个小小的寓所，是三只野蜂共同来营造的。我看见它们有时三只都宿在那里，有时一只飞出，两只守在那里。它们默无声响。它们之间，好像来不及交换一句话，却早已相知甚深了。它们工作得很好，工作时合作得很好。

在我瞥视那叶间的蜂巢时，你知道吗？我一边沉浸于自己的种种默想之中。我们不曾渴想安宁，不曾企望在勤劳工作中，求得真正的快乐吗？我看见那些阳光从叶间透下来，那凉阴又覆盖在它们的小小住宅之上，在这中间互相安慰、工作不是很好吗？

如果，有了一点点的虚荣心，如果有一点私欲，一点偷懒，它们也彼此剥夺，将成什么样子呢？

啊，园中的野蜂，你们将小屋筑在这里，使我快乐！上面的默想，不关你们的事！你们倾全力于共同的幸福上，各展己长，各献己有，不相争夺，所以幸福永属你们所有！我每次的拜访，从叶间的不速之访问，要不致惊动你们便好了。

1945 年

（收入《开窗的人》）

阿索林
——致 E. N.

　　我不能忘记我们一起读着阿索林的日子；我们在那条草径上散步时，也喜欢谈论他和纪德的著作。我们多爱那首《玫瑰·百合·剪边萝》，那首三位少女痴想变成花的小童话。为了这篇文章，我们不是一同想象过这位听说在内战结束后便逃亡出来的西班牙老诗人，准是一位和蔼的、很会和小孩子讲故事的老人……

　　回来以后，我还是常常读着阿索林，选择一些好太阳的日子，坐在我家后园的树荫下，一边幻想一个又神秘又幸福的大地方，那里大家工作、唱歌……

　　对于阿索林，我不好说什么呵。和那些深思的诗人一样，阿索林先生感到时间的神秘。"时间是什么？永恒是什么？永恒，音乐的声音在起居室中响起来了，一曲贝多芬的奏鸣曲。"永恒的是人类的劳作和精神活动。阿索林先生好像在很小的时候便感到时间的紧迫。《迟了》，他在这一篇散文里，勾画了一幅西班牙民情的小小的风俗画。他在很小的时候，便很厌恶那些乡间生活把大段的时日在无所事事中变为荒漠。工作，是最

要紧的事。

对于工作，不论所做的是什么，主要的是带着一种热烈的情感去做。在西班牙的诸小镇上，有许多在自己的作坊里的炼铁、木、羊毛的工匠。"我却赏识着那些匠人的爱，小心和感心的忍耐，"阿索林先生 1924 年在西班牙皇家学院宣读他的著作，"……而我这个旁观者所期望于文学的匠人者，便是这些卑微的劳动者的品性……这些工作的热忱。"

我觉得《西班牙一小时》是一本诗样的散文，一本最真实的历史，我们，除了热切地爱着他的精神的永久的果实之外，还将说些什么？

1945 年

（收入《开窗的人》）

巴罗哈

——致 E. N.

我也喜欢巴罗哈先生。他比阿索林早一些，他和阿索林先生是同时代的作家。巴罗哈先生曾过着很穷苦的生活，担任过很多卑微的工作。不记得在一本什么文艺画报上，我看到他的小画像。很美丽的胡须，在眼镜后面微笑的、慈爱的眼睛。从微笑里流露出来的，对于卑微人物的爱的热忱。

我们不是读过他的散文《烧炭人》吗（那还是国文课的选文）？对于自己的工作的执着的热爱，连自己的未婚妻已经许给别人了的事都漠不关心，对于使他离开工作场所的服役感到极大的愤怒：那样的一位年轻的烧炭人，不是代表着那个国度里的，淳朴的一部分吗？

还有善心的管墓人；一个巫妇；在寂寞的旅途里的，小镇上的小旅馆；西班牙水手们的谦卑的小笛；在假期里坐车去访问自己年轻时爱恋的圣地的，爱的烦恼的小妇人……这一切，我们像在谛听着西班牙风土民情的淳朴的牧歌。

我们不会因此更爱西班牙吗？最真地表现其国民性的，开过文学的优美的花的，没有不是优美的国家。塞万提斯的西班牙，巴罗哈和阿索林的西班牙，不是和屈原和杜甫的中国，鲁迅的中国一样值得尊崇的吗？

1945 年

（收入《开窗的人》）

童话

——致 E.N.

我最近在读着安徒生。这以前，读些爱罗先珂。有人说，爱罗先珂先生是有点"火气"的。真的啊！我们的盲诗人到过北京，还在上海逛过"大世界"。例如，他的诗《时光老人》，不管怎样，会使中国的"圣者"们"反感"的吧！爱罗生珂先生一如有些人所说，当真是有点"火气"的，但是我们爱他。我们不能忘记，他是生长在与我国北方相接的西伯利亚的诗人。

我们同样地喜欢安徒生。我们不是读到《小伊达的花》，以及《七粒豌豆》等那样地耽于诗的幻想的作品？当然，他也喻讽着人生。他没有忘记人生的"戏剧性"。他抓住这一点，使他的故事显得娓娓动人。我们总不会忘记《皇帝的新衣》吧，说着一位皇帝上骗子的当的故事。皇帝上当，不是人生的大大的笑谈吗？我们读着他的故事，提神读下去，同时在笑着，笑着我们自己。

著名的《卖火柴的小女孩》，是对于现实社会的悲哀以及未来世界的幻想之诗的综合吧！但是诗人的幻想不会"落空"。我们未来的世界，坚信是童话般美丽的世界。但是，在"幸福的船"来迎接全人类之先，我们不能不对那些"皇帝"们，那些

木星的神，以及学者们的头加以鞭挞的吧！

这以外，我们已经和那位小伊达，以及那个暴乱的金哥完全成为朋友了。

1945 年

（收入《开窗的人》）

种瓜

　　这条小巷里居住的人，多是贫苦的人。小巷两旁的民房，破烂得不成样子。有的墙头甚至已经坍塌，那主人没有能力把它修理起来。许多苔藓和一些狗尾草，生长在那里。

　　巷口极窄小，因此经常见得暗淡和潮湿。

　　我记得有一堵土墙，倒坍成为一个洞口，那家人以一块破木板堵住它。好久以来，都是这个样子。

　　门常常关闭。有时门开了，一个衣装破烂、愁容满面的小妇人走出了，抱着一个萎缩的婴孩。有时，一个神色张皇的男子走出了，背上挂着一只破篮。

　　我在什么地方曾经看见他们；我在别的地方也见到他们的，我极熟悉他们，但待我来思索的时候，又记不起来了。

　　在这个小巷里，有一个印象，在我的心中留下很深很久的了。

　　现在我怎么又想起它？

　　我看见在一家门内，一个矮小、驼背的老妇人，蹲在地上栽种菜和丝瓜。这是在这年夏初里，我见到的。

　　现在，我看见那个瓜棚上挂着丝瓜的灰白的枯叶，若干细小无力气的绿叶之间，还开放一二小小的黄花，可是，它们在这个季节里，已不能结实了。

因为现在季节已经转移。不久之前，下过一场繁霜。虽在南方，天气也变得冰凉的了。

我记得这个夏季，似乎还曾给那个老妇人以一份小小的快乐。

当然，这只是我的揣测。

这些事情，起初我没有加以注意，现在，我才想到门内有一块小小的空地，曾经给她许多好处。这个空地，较之阔人门口的车房，小得不知多少。

这是只有方寸之地的空地，旁边又堆着若干凌乱的什物。这些什物把它挤得更加狭窄。那个年老矮小的妇人，把它利用起来，在那里栽种菜和瓜。

我不知道那个瓜棚是如何搭起来的。这大概要有别人帮助她才行。我更想不到那么窄小的地方，怎么还能使植物生长起来？那里是暗淡的。每日日光照临的时刻，很是短暂。

但是，在这个夏季里，我看见满棚的绿色。一时间之内，这种植物的旺盛，照耀得那个地方富有生趣。

记得有一次，我曾经在那个门口稍为停留一会儿。我看着那一棚的绿叶。只见许多碧叶，厚厚的，生意盎然地铺在木棚上，一些可爱的藤须，有知觉一般，从容地展出来，有点蜷曲的末梢，想找一处可以攀缘的地方。这株植物为自己寻找可以发展的处所。有些枝条和绿叶，已经爬到旁边矮低的屋顶上去。

记得一会儿之后，我便走了。当我走出那条小巷之后，我便什么都忘记了。

我们的精力在各方面白白地耗费，但是看来每天的日子都过得匆忙。

这以后，许多时日过去了。

可是，说也奇怪，我有时会想起这位矮小的年老妇人来。我想到她生活中的一些细节。特别想到在这个夏季里，她所栽种的菜和瓜。

我想起曾好多次见到她蹲在地上耙泥，把一些砖块拾起，放在一旁；我见到她在浇水，或在棚下的菜叶之间捉虫。

是的，在她家的屋前，还有方寸空地。于是，有一天，她想起要利用它来种菜和种瓜。她想到这是她能够做的工作，当她想到自己能够担承这份工作，会感到一种乐趣吧！她埋下种子时，有什么朴素的期望，有什么盘算呢？还有这一块空地，她在那种瓜了，就如她当真有一天衣食无虑了一般的，就如实现一个梦想一般的，她为此深感快乐吗？

她看见丝瓜的藤蔓爬上棚架时的快乐是如何的呢？看见开花时，她快乐吗？结实时她更快乐吗？

或者都不。不是如我以上所想的这般如此的。那中间也许确有一种使她快乐的成分，但其性质是不容易说得清楚的。生活是这般艰难！她在那方寸的空地上种瓜，种一点菜，只感到应该种，如此罢了。

天气暖和了，她只是想："我来种瓜吧！"她有一天想到了，就在那里开始这件事情。

生活的暗淡和忧虑，沉重地压在大家的心上；仿佛只隔五尺之高的黑云，压在人们的心上……

许多的时日过去了。我从这条小巷走过。我看见那些民屋的门关闭住，时常地关在那里。有时门开了，一个神色张皇的

男子走出了，背上吊着一个空的破篮。有时一个蓬首垢面的女人走出了，怀中抱着一个婴儿。

那个婴儿扁着瘪嘴，黄口的乳鸟一般哭啼。

我看到我们下一代在受罪！

我从这条小巷走过了……

我从巷口走过了，我忽然记起我已好久没有见过那位矮小的老妇人。我似乎忘记她。

今天，我从她家门口走过时，我看到那门内的情景完全变换了；那些菜蔬没有了，只剩一些根头，那个瓜棚上，现在稀疏得很，挂着一点灰白色的枯叶，其间虽然还有一二绿叶，甚至尚有一两朵黄花，但都是极为瘦弱。我突然地想："这株瓜不能结实了！"

我回到家里来，疲倦地躺在座椅上，想想自己所过的日子，又想想那个种瓜的妇人，想想那条小巷！

想想人们如何的善良，如何的忍受饥饿、贫穷——我突然站起来。

心想，我们应该打击这个不合理的世界！

1947 年

（收入《开窗的人》）

燕子

从南方来的客人，你在光荣的月份里——这可爱的 3 月，如约地来了。你从那冰的国土来吗？不，我说错了，你从南方来的。

轻盈的空中的旅人呵！

你从海上飞过时，你看到海上的日出、海的壮阔的胸襟吗？

我想起日本德雷芦花先生的一篇描写你的散文来了。这位明治时代的作家，是日本的家庭小说作者的第一人。他却顶爱旅行的。燕子呵！你惯于旅行，这位写家庭小说的却爱旅行的作家，有一篇叫作《耶路撒冷之燕》的散文。

我多么爱这篇作品。我常常想起其中的一段：

"归后，喝过茶，作了一点文章，黄昏时走上屋顶，风虽然还觉冷些，可是夕景美丽。无数的燕子交飞着，不停地唧唧乱叫。燕子是耶路撒冷的名物之一；在耶路撒冷，也有飞鸠和飞雀，间或还有飞鹤，但比起燕子这么多的实在没有。

"在晚间，不知道它们从何处来，归向何处，在耶路撒冷的城头像蚊子一般地飞着。它们斜散的那种样子，也只好说唯其是燕子才能如此，我们虽然每天都看到它，在每次，却都感叹它们的飞翔的美是没有适当的比喻的。为什么那样翔斜呢？似

乎没有什么必要。看着仿佛因为翔着嬉乐罢了。飞远了的如钉头一点，近的可以看见白的胸脯，唧唧地叫着。不知道有几万几千万的它们，从水色的空中飞向城头，从城头飞向空中，如放射的光线，如摇动的音波，看起来实在是再愉快不过的飞翔了。那么多的燕子，可是那么自由地全速力飞翔着，没有一定的相碰或冲突。它们自然地回避着，悠悠地、密密地，真是令人只有惊叹而已。"

我觉得这是描写你们——燕子呵——生活的最美妙的文字。是不是呢？我一看见了你在空中喃喃地飞过，便想起了这篇美妙的散文。

你不能够到耶路撒冷去，看看你们在这圣城上空的可爱的大会合，你们的翱翔，这自然是一个大大的遗憾。

但是，够了，我能在福州，看到你们一年一度地飞来，没有忘记我，我已经够欢喜了。福州是一个花的城，榕树多极了，你们便在这榕树的上空翱翔，这在我已经够感激了。

（收入《开窗的人》）

母女

我发现那里有一个乡下装束的少妇，手持锄头，弯下上身正在翻掘砖块。离她不远之处，一个小女孩蹲在地上，她静静地捡拾一些什么。

我看着她们。我一眼看过去，立刻知道她们是亲子的关系。那个母亲是在做工。那个小女孩跟她从自己的家里出来，一道到这里来的。

那个小女孩蹲在一边，捡拾一些断砖。她的母亲没有工夫和她谈话。

我忽然感觉那一块空地很寂寞。这是秋天的午后，一大片的阳光，很安静地散在那片断砖碎瓦纷呈的空地上。那阳光显得空漠。

从破碎的瓦片之间，还有若干未曾枯萎的野草，生长出来；在阳光所能照到的叶瓣上，显出一种褪色的、暗淡的光泽。

我感觉近处的任便什么地方，满是蒙上不少干燥而柔软的粉末，暗褐色的、细碎的尘埃。

那个少妇只穿一件单衣，这件衣服已经加上许多补丁，只是洗得很干净。头上的发髻也没有显得凌乱的模样，她仅有二十五六岁的样子。

我看见她的体格很健康。我看见她的举动，会突然地想到，她应该可以在认识她的人们中间，受到尊重的。

但是，我立刻感到，这只是我自己的一种感觉。这个感觉即算是真实的存在，那也是存在于一个别的地方，那里真的各项都比较美好些，那里，人真的可以靠自己的能力和勤劳，受到尊重，和过一种独立的、自由的生活。

现在，我眼前所见的空地，它不是一片瓦砾场吗？它破碎和凌乱，但是人们已经看惯了这种景象。

这真是不好的日子啊！现在对于任何一种现象，一种事物，我们只要稍经一番思索，就会感到灾难是怎样地深沉，我们所受的损害是怎样地深刻！

我看见那个少妇举起锄来，把翻掘的砖头瓦片堆在一边，她的身边已经聚积一大堆的了。

她是在工作，我看见她的动作，做得很熟练。她得专注于这一份工作。有时她弯下身，不用锄头，而用手把一些瓦砖拾起，掷在身旁的那一大堆里去。

有这份工作，对她并没有吃力的地方。只是这样长久的时间，我没有看见她和她的小女孩谈过一句话。

她沉默地清理着那片瓦砾。

那个小女孩蹲在不远的地方。她只有七岁的模样。我开始吃惊，她这样幼小，怎的养成了一种能够忍受寂寞，和长久地等待的习惯？

她也没有去喊她的母亲一声。

她自己蹲在那里，好像模仿她的母亲，捡拾一些砖块，也堆在一旁，她只聚得很少的一堆。有时她却把堆好的砖块取下，歪着小小的头，端详了一会儿，又重新再行堆上去。

有时，她感觉那一块不好或是什么，把它取下以后，放在一边，便不再重新堆上去。

在这一刻期间内，我的内心也不知道在想着什么。我看见那个小女孩，突然地抛弃下那堆自己堆聚的、可笑的小堆瓦片，仿佛她对它失去兴趣了。这一下她移动了自己的地位，摘下一支草茎，在口中咬着。

她坐在地上。

那双好像在思想的眼睛，望着上面的天空，空漠的、蓝的、隔得很远的天空。她的视线望着上面的天空，又好像不是在看它。我不知道这样幼稚的心内，这时间内能够思索着什么。

我突然激动地想，如果她是另外的一个女孩，如果她是我自己的小女孩，她是我的所爱，那我一定跑过去，如何欢喜地把她抱在怀中，一定跟她谈话，并且讲一个故事。

我要买一些玩具给她，同她做游戏。我感觉我要骄纵她，使她顽皮一些。她应该很顽皮才对的。

可是，我只在心中感觉很难过罢了。那里是一片成为瓦砾的空场，那个少妇用锄头翻掘砖头瓦片，她在清理这片瓦砾；那个小女孩，坐在离她不远之处，坐在地上，她们是亲子的关系。

我从窗口看着她们。我在一个友人的家里。刚才他因为一件事情，从这个房间里出去，留下我一人在这房里，我靠窗坐着，才突然发现了她们的。

现在，我的友人回来了。起先我的心中还保持着那些关心和难过的情感的余味，还很清楚地记着她们在那里，和她们的一些小的动作。后来即这一点点，也完全忘记了。我的友人和我谈起许多别的，我俩自己的一些事务上去了。

他还提了一堆水果来。

他款待我，这个城市里在这季节里所产甜美的柑子，和台湾的香蕉。我惊异我们还能生活着，我们是平安无事的。

只是当我们谈到很多的时候，那种日常的暗淡的思想，又来牵引着我。

我的友人走到窗口来。这时天已经接近傍晚。我也向窗外转过去。

对面那堵颓墙的后面，有一棵高大的榕树，林梢的很高的末端，闪着一轮黄金色的残阳，它很光明，却马上要消退了。那底下的大片瓦砾的空地上，已罩上日暮的凄切的薄暗。

我看见那母女二人还留在那里。那个少妇已经把许多砖头放在竹筐内，准备把它挑走。我听见她喊叫："依妹！依妹！"

那个小女孩正在追赶一只小小的夜蛾。但是她太幼小了。她追不上它，那只翅上带有红色和紫色斑点的夜蛾，它具有肥厚的身体，飞得很低而且很慢，但是她追不到它。

它伸开两翅宿在一片草叶上，等到她走近了，只差一步的工夫，它又飞开了。

这使我想起自己童年时代所喜欢的、所熟悉的事情来。当我看到那个小女孩在追捕的时刻，一种童年时代的欢乐和惆怅的情味，同时在我的心内迸发出来。

那个小女孩是勇敢的，她并不觉得自己的幼稚和能力的不济。

她并不去理她母亲的喊叫，两只眼睛睁得大大的，显出残忍和愤怒的样子；我突然地想起，这个寂寞的小女孩，在什么地方，已经养成独立，和自己处置一切的性格。她能够安静地一人坐在地上。

但她有单独去征服事物的抱负。在这一刻，她可以不理会谁。

我看见她拼命地扑上去，当她很准确地认定那只夜蛾是沉醉一般，又宿在面前的叶片上。

但它飞开了，这一下它飞过墙去，在那棵榕树的树荫下面去，那边光线更为阴暗。

她一声不响地向那堵颓墙望着。她满脸愤怒。

这时，她的母亲走过来。那担砖瓦还是放在肩上。这个母亲也没有说一句话，一手携着她，她们二人就这样地离开这片瓦砾。

我转回来，望向友人，发现他的视线也正收回来，向着我。

天开始暗了。那一抹榕梢的黄金色，已经收敛。我和友人坐下来，没有交换一句话。我只觉得有一种拨开日常的沉闷的空气的欲望，一种潜伏很久的勇气，要鼓动起来。

我再看一下，看见我的友人，脸上显得阴郁，似乎那个小女孩的怒气感染了他。

1949 年

（收入《开窗的人》）

老人

一

不知怎的，我会念及一位浑名田猴（他的真实名字，可能谁也不知道）的老人来。想来这真是有些古怪，我怎么会念及他呢？儿时见到的这位老人，现在认真一想，他其实是一位乞丐。

我家的古宅所在是一条古老的小巷，用大小不一的石板铺成道路。小巷内有土地庙、龙眼树园。巷内的民居一如我家，多为古宅，梁柱油漆剥落，屋瓦上生长苔藓和瓦松。这至少是六十年以前的印象。或是在离家赶赴私塾接受晨课，或是从家母娘家回来，早晨或是黄昏，往往能够遇见老人田猴在小巷土地庙或是果园的路边，坐在一只小竹椅上，椅前放着一只竹编的小破盘，这显然是为了给过路的施舍的行人丢上铜板用的。我记得他总是用一把锥头敲着平滑的路石，口中喃喃念着："洗誓肖——度厅昧滑！"

这是用莆田方言的语音记录下的。当时，我的确听不懂，因为他念得有如诵经。后来，不知到了什么时候，才想起他念的可能是："行行善——走路不滑！"

而且，到了后来，才理解他用锥头敲着不知有多少行人经过的古老路石，为了使路面不至过于平滑。这位浑名田猴的老人，当时有六十余岁，似乎都在冬天出现于小巷间。经年不理的白发直披到肩上，身上穿着出现许多破绽的花服，腰捆麻绳，却打着赤足。他坐在小竹椅上，不管有没有人走过，口里总是喃喃地念着，手中的锥头总是敲着路面的石头。一天傍晚，下着霏霏的冻雨，我正从私塾里放学回来，却见这位老人竟于雨中坐在土地庙前，用锥头掘着路面，口中念着："行行善——走路不滑！"

当时，我虽年幼，却仿佛能够感到他的声音不同往时，显得微弱，至今仿佛还记得起来，他紧缩一团，全身发抖，从破棉服下面露出的赤足冻得发紫；至今仿佛还记得起来，他面前的小竹盘里，没有人掷下一枚铜板；想来这可能是我最后一次见到这位老人——田猴！我对他的情况，其实一无所知。现在，我设想，他是一位奇零人？他想从人们的怜悯中得到施舍？他也许有自己的信仰？心中有某种忏悔，愿以某种善心赎回过失……但是，我又想，现在的这些设想，实在都不必要，按照我从儿时一直留下的切实的印象，说他是冬天里出现于小巷的一位乞丐，说他是一位孤苦、无告的老人就是了。是的，也许正是因为我有了这种印象，才会使我在自己的老年时期，忽然会抱着一种同情心想起他来！

二

大约十年的时间过去了。当时，每日上下班，必步行往返

于黄巷、衣锦坊以及驿前路和工作单位所在的杨桥路。这原来都是福州的古巷、古街坊。行至衣锦坊、驿前路时，往往在不觉间放缓步履。并非此处有何情景足以引发某些情思；只觉得这些旧街坊，汽车不大能通行，行人较少，显得较宁静，于是不觉放缓步履，边行，心中不知边想起些什么。不过，衣锦坊某古宅有一棵出墙的古树，常常引起我的兴趣。它是梨树又不似梨树，冬天树叶尽脱，伸出黑色的网似的细枝条，极似版画上的树，它的上面是深巷中的蓝天，几朵云；凡此，的确引起我的兴趣。至于驿前街，这地带的附近，闻在前清是福州府郊外的一个驿站所在，现在却已不像条街。只是经过此处时，先后出现两座古石桥，出现一条小河（护城河）和桥前的一座古尼姑庵。我有时想：这一丁点前代的遗迹，也许由于地居冷僻之故，始得保存下来。这驿前街一些居民的住屋，比起衣锦坊的一些民屋，显得低矮；而且多为木造，几无一点花砖或石雕装饰，保留一种前代近郊住宅格调。就在过了尼姑庵前的石桥以后，我曾发觉河边一座民宅前还放着一座大石臼和一只石桌。我认为这是早年这里居民舂米的石臼，至于石桌则不知有何用。这石臼、石桌，似乎能给这条像是河边小径的近郊古小街增添一点令人怀念的古意。

后来，我才知道河边这座低矮的民宅内住着一位老人。一天，我偶然看见这位老人坐在石桌边喝茶，桌上放着一只满是茶锈的旧茶壶。又有一天，很早，很早，我上班路过这里时，看见石臼两边原来竖立的两根木柱，搭上一根横木。这位老人手扶在横木上，一双赤足踩着石臼中的青橄榄，其动作有如农民在旱天踏着水车。我知道，他正在采用古老的工艺进行橄榄蜜饯加工。这小河边一时仿佛出现一种古老的家庭作坊的氛围。那天，我因为赶上班去，很快从这里经过。在路上，不知怎的，仿佛有一种单调的、传统的、持续不变的劳动动作，能够化成一种古老的忧郁，化成一种解不开的固执，一时间内，隐隐地渗入我的心灵中来，使我感到怅惘……

这位看来是民间的、乡土的蜜饯手工艺人，当时已年逾六旬了吧？他穿着一件在旧年代的老人才穿着的黑布对襟上衣，瘦小、硬朗。的确如此，那天，我经过那里——是很快地走过去了，却仿佛能够从他的眼神里，看见那中间闪烁一种对于自己的劳动和工艺的尊崇，一种对于自我和本分的信任，一种爱，一种不善于随俗的自得之情……我的这些感觉，使我自己感动，也感到这位老人身上保存的某些品质与这座城市一些冷僻地带存在的某些遗迹显得那么和谐。

后来，由于单位迁址，我便一直没有机会再经过衣锦坊等街坊，尤其是驿前路了。但这些古街坊的某些情景，以及这位老人的影子，有时会无端地在我的意念中浮动起来，心中因之有些惆怅，又有点奇怪的思慕之情。

（首发于《福建政协报》1989 年 9 月 26 日）

梨及其他

完美

一只蝴蝶便能说明存在于万有世界的生命之完美吗？我想，人们真的注意到它的触发和复眼、吸管，能够决策宇宙之无限无极，又能够吮蜜、分辨香味的变化？

哪怕是一只粉蝶，它的翅上的图案中出现的斑点的淡黑和白的底色以及像月晕的淡黄所造成的色彩的和谐、构图的和谐，的确使我思考生命何以能够如此完美的存在？且我赞叹生命创造之臻于至善！

还有瓢虫。还有蜻蜓。还有背上有甲壳的蜗牛。我似乎很小时候便在青草地世界中间看见生命之多样的完美的存在，并且朦朦胧胧地得到某种启发，这便是逐渐形成对于生命的怜爱，引起对于创造的尊敬和思考。我们这种被启发（被引发？）出来的情感和沉思积淀下来，哪怕是在很久很久的时日以后，终于能够在某日早晨写出一首诗，并在诗情中流动一种宗教信念？哎，这种信念似乎由于是出于自身的体验，它是那么温柔，又是那么顽强，以致外来的任何教义都不能冲击它、打落它？

梨的形式

它是梨。

把它放在碟上。

把它和一只瓶一起放在画架前面的一只铺着蓝色桌巾的茶几上。

或者，把它放在篓里，和其他的梨以及其他的水果，譬如葡萄、无花果和菲律宾杧果一起，运到超级市场的水果柜台上。

这时候，你用谨慎的目光，你用茫然若有所失的目光，或者，你用放肆的目光，看一只梨的外部世界，它总有一种力量，迫使你做出判断：

它不是圆形的。

它的形式也绝不是椭圆的、扁圆的。

它绝不会使你想到一只瓶，或者，想到一只壶，绝不会有这样的联想。

而且，即使你通过超越现实的想象来看梨，它绝不会成为方形的。对于它，你只能做出这样的认识以及判断：

它用自己的构想和意态，造出自己是一只梨之梨的外部世界，造出自己的形式和格局，在这里，出现梨浅黄色彩和梨的褐色斑点，并且发出梨的香味；总之，造出梨的完美的形式，它的外部世界。

这样，梨造出梨的形式和外观，从而确定自己的存在。那么，把它放在一只碟上，把它和一只壶或者一只瓶一起放在画

室里一只铺着蓝色桌巾的茶几上，或者，把它放在超级市场的
水果柜台上。

由于它具有梨的形式，于是，我们说：它是梨。

梨和草莓

梨。它首先是作为一棵果树，生长在一座果园里。后来，
它开花了，这时，有许多蜜蜂飞到果园里来，并且在它的花间
飞舞。于是，它的花瓣纷纷撒在树下的草地上。

（树下的草地上，有野生的草莓，这时也正当花期：在蜜蜂
的嗡鸣间思考开花的问题、结果的问题……）

随着，它酿造果汁和构思自己的核；并且在这个美丽的发
育过程中，发散果香；并且在迷离的、太虚的、蔚蓝色的空间
以及黑色的泥土中，提取微量元素、维生素 C。发酵和构思有
关化学反应的方程式。

呵，梨。

它在树枝上，在它的成为梨的美丽的发育过程中，向果园
中的雨，向日光以及露水领受关于世界、关于生命的感知。这
时，它有几分激动、惊愕、战栗，但它终于最后确定自己的果
汁的糖分和全部其他内容，并展示作为梨这一特殊生命的存在
和拥有一个世界……

（而在这时，树下的草地中间，野生的草莓，也完成了自己
之存在的创造：使自己成为有如一颗平凡的、暗红的、柔软的
宝石，其中有生命发育过程中经过化学反应所造出的一种稍含

酸味的甜果汁和一个新生代……）

呵，梨。还有草莓。还有生命的其他水果！

（收入《中国诗话丛刊·淘金者的河流》，百家出版社，1989年12月）

石说

对石头的认识

　　我曾在一篇小品文中提及，石头的性格和它的品质，是难以言喻的。虽然如此，我仍然有一种强烈的描绘或者记录自己对于石头的感受的愿望。在自然景象中，人们比较容易认识花卉、禽鸟以及月亮的美丽（其实，说到底，月亮也是石头，无比硕大，在我们大地上看去，它是正在发亮的石头），它们以色彩、声音或者发光使人愉悦。人们对于月亮、花卉乃至禽鸟的关注、爱和认识，一般说来，将随着阅历和文化教养的加深而显得更为深刻。不过，在我看来，人们在幼年时代，便能够从它们取得愉悦，朦朦胧胧地接受某种美感。这可能是因为花朵的颜色、香味，禽鸟的鸣声以及月光之美，诉诸感官可以直接产生美感？至于对石头的性情及其品质之美的认识，则需要得助于人们后天的阅历、文化的深刻教养？得助于人们自己的性情和品质？人们在幼年时代，便能对于石头的美丽有所感受，并从中取得愉快，似乎是不可多得，或者说是罕有的。

　　要言之，对于石头能够有所认识，需要后天的训练，而又似乎与特定的文化背景有关，譬如说，与东方的、与我国特有的文化背景不无关系。

山水画和石头

我对于我国绘画艺术的发展历史所知格外有限。只是约略知道，在原始社会的美术作品中，例如彩陶（这是实用器皿上的美术绘画）描绘着鱼、鹿以及青蛙等的图案，当然也有人面的图案；这种彩陶艺术，我以为表现一种先民之朴素的、对于自然景象的情意的抒情气氛和一种朦胧的自我肯定。至于人物画，据《史记》记载，黄帝图神荼之形以御魔鬼，像蚩尤以弭乱。黄帝所作画，或他令工匠所作画，今日当然见不到；但我设想，这可能是我国人物画的滥觞；当然，这种人物画一开始就渗透着浓重的政治和宗教（巫？）色彩。又据传，周公辅政，图尧、舜、桀、纣之像，状其美丑善恶，要皆用以垂教。这种人物画（如果周公画像确有其事的话），渗透着一种政治宣传色彩，是十分强烈的了。我个人以为，三代以降，大约除秦之绘事不太发达外，我国的人物画得到发展，其间出现若干杰出的画家及其作品，譬如曹不兴、顾恺之、张僧繇等，譬如《女史箴图》《五星二十八宿真形图》等。不过，即使个人所见有限，心中却不免留下一种印象；即使杰出的画家各自发挥其艺术个性，其作品总被约束于宫廷生活和宗教气氛中（当然，汉代的画像石、画像砖，多表现诸如收获、收租、农耕、狩猎等生活情景中的人物），因之，觉得这样总是约束了画家的个性

以及生活感受。于是，大约就在顾恺之时代，或云晋末以至六朝，开创了我国的山水画（我国山水画可以远溯禹的时代，譬如杜预注《左传》，即云"禹之世"便出现"图画山川奇异"；但包括这以后有史可查的山水画，都不过是人物画的背景，所以人们认为，真正确立山水画的时代在六朝。

《搜神记》及其他

《搜神记》或谓是我国最早的志怪小说之一，或谓它不过是一部民间传说（胡怀琛氏持此说）。我个人以为，它可能是神话、小说以及民间传说混合于一体的一种文体？在表现手法上，它具有笔记的灵活的品质。它的"怪异"大多表现为对于自然界的异象的描绘！如天雨鱼、雨草以及燕生雀、马生角等；也有描绘人类自身之异象以及绝技者，其中有的"无稽"，有的可能是对于远古人类祖先英雄业绩的神话般的记载和歌颂，如云："赤松子者，神农时雨师也。服冰玉散，以教神农，能入火不烧……至高辛时，复为雨师，游人间。"又如云："偓佺者，槐山采药父也。好食松实。形体生毛，长七寸。两目更方，能飞行逐走马。"我意这是通过神话化的手法，以表彰远古的气象学家（雨师）及医生（采药人）的民间传说或小说，文中流露一种对于祖先的崇敬之情，但也不免蒙上一种近似道教的神秘色彩。

如果说，《山海经》是一部有关地理的古代神话；那么我再说，《搜神记》或可谓之为与历史有关（或云多半采用史实、附会史实）的怪异小说，其中融化神话和民间传说。在这中间，有若干有关石头的——"史"与神话、传说相结合的作品。如：

> 元康七年，霹雳破城南高禖石。高禖，宫中求子祠也。贾后妒忌，将杀怀愍，故天怒。贾后将诛之应也。
>
> （引自卷七）

借雷公击破石头，以表对贾后专权以及对宫廷倾轧纷争的不满。只是此则文章写得并不精彩。又如下引：

> 昭帝元凤三年正月，泰山芜莱山南汹汹有数千人声。民往视之，有大石自立，高丈五尺，大四十八围，入地深八尺，三石为足。石立后，有白乌数千集其旁。宣帝中兴之瑞也。
>
> （引自卷六）

这是自然编造了一段有关石头的神话，为宣帝的"中兴"渲染一种出于"天意"的"启示"以及氛围，而文采较前引远为佳胜。不妨再引一则：

> 惠帝太安元年，丹阳湖熟县夏架湖，有大石浮二百步而登岸。百姓惊叹相告曰："石来寻。"而石冰入建邺。
>
> （引自卷七）

这也是以湖中大石能登岸的神话或荒诞故事以喻（暗示？）史事者。《四库目录提要》云：《搜神记》的"第六卷、第七卷，全抄《后汉书·五行志》"，或者以此之故，有关石头的故事、神话才与史事联系起来？文章中注入想象色彩，它便具有文学性质。如此，汉、晋时代的笔记文章中，已开始对于石头作文学的想象和描绘了。

在我国的文学作品中，对于石头最精彩、出色的，甚至可以说是无与伦比的构思，莫过于《西游记》和《红楼梦》（即《石头记》）。齐天大圣源出一个石洞中的石蛋，此石之价值不可测知了。贾宝玉身上的那块石头，与此君之性命、之命运休戚相关；作家以主观笔墨，给这块石头注入斑斓的五彩，注入佛家色彩、老庄哲学色彩，自然也免不了注入儒家的思想色彩，使这块石头成为举世最为神秘的石头。

我觉得，在我国，至明、至清，文士对于石头已有十分高超的认识。

《道德经》·石头

一如对于《南华经》，我对于《道德经》，不知怎的，总是作为文学作品来阅读。我觉得《南华经》瑰丽，而《道德经》质朴。我似乎并不想从《道德经》以及《南华经》中吸取任何思想启示，更非为了学术研究。可是，读《道德经》若干次以后（我这一辈子中，从年轻至暮年，读过若干次），也在不知不觉之间，明确老聃是一位思想家，对于他的思想概括的力量，他在思想概括方面行文的简洁，他的辩证的思维方式，等等，都认为是人类思想的财富。我无力也不想议论他的哲学体系，但有一个直观或云朴素的感觉，这便是老聃的思想往往是积极和消极、合理和甚至荒唐（？）的思想同时存在，或云这成为他的思想的两个侧面？

近日忽然记起林语堂氏说过的一句话："老子在他的《道德经》里始终看重不雕琢的石头。"（见《生活的艺术》第十章第四节《论树与石》）我颇怀疑林氏这句话近于"武断"；不过，我又懒得把五千言的《道德经》重读一遍，以期能找到某些字句，"证实"林氏之说不假，或因找不到有关字句，从而说明自己的怀疑之有理。只是，我又一转念，认为从《道德经》中找到或找不到有关石头的字句均无妨。按老子的哲学思想体系而言，崇尚质朴，知足乃至无为；这位哲人"看重"乃至偏爱石头是可能的吧？不过，我不愿意说，老子的哲学对中国文人之爱石发生某种影响。

（首发于《散文》1990 年第 1 期）

关于豆腐

一

《浪迹续谈》卷四有《豆腐》《画筋》二条。《面筋》中引《梦溪笔谈》《老学庵笔记》有关记录，得知豆腐、面筋自古为文人所重。"仲殊性嗜蜜，豆腐、面筋皆用蜜渍。"至于梁章钜自己，此公自称："余每治馔，必精制豆腐一品，至温州亦时以此饷客，郡中同人遂亦效为之，前此所未有也。"

我亦嗜食豆腐。但得申言之，绝非附庸雅人清兴。豆腐之成为我的嗜好，一如我的嗜食稀饭，大概是自幼为家乡一般居民的生活习惯所养成。此外，此中也许与个人癖性有关？每食，喜清淡；视豆腐为佳品，或因它为食品之清淡者？刚才提到家乡，按，家乡在莆田，旧与仙游同属兴化府。以下几段文字，谈论豆腐的故事，皆与兴化有关。

二

我的祖宅在一条冷僻的小巷，曰书仓巷。传闻元代有隐士及古籍收藏家居此巷，因此得名；其遗迹已不可寻访。只是巷内的民居、龙眼园，园内的大多数果树，大都具有上百年历史了。譬如，我的祖宅，三进，每进三厅八房，最初为翁姓所居，至我的七世祖迁居此宅时，当在康熙年间。巷内有土地庙、社公庙、观音庵、三教祠，年代均已不可考。出巷南，可见城墙，石造，明建。出巷北，则是一条小街，曰塔寺前，街后为古凤山寺及其木塔所在，因此得名。这条叫塔寺前的小街上，有一家卖葱、青菜以及茴香豆、花生的小铺，有一家卖冥纸、香烛的小铺；一家杂货店，售黑木耳、红菇、蛏干、蛎干以及薏米、绿豆、粉丝、兴化米粉等；还有一家小米铺。除此之外，数步之间，却有两家豆腐店。这些小店，足够供应附近居民之日常必需食物了。当然，如果要买鱼买肉以及购买布料、中药等，则要到文峰宫（路）、鼓楼前（路）。那里有始建于宋的古谯楼和妈祖行宫即文峰宫以及明代的石碑坊等。这两条街算是大街了，也有好几家豆腐店。

特别是小街（譬如上面提及的塔寺前），店铺几乎都没有店号。这些小店往往是夫妻店，又往往以店主人之名为店名。譬如，"到阿 Mà（兴化方音，抓一把之意）那里去买一点韭菜！"又如，"到阿树那里去买豆腐！"阿树，人家也称他为豆腐阿树。

七月普度节，家乡风俗是：于傍晚时，让儿童穿上新衣，携一只小竹篮到小店里去"行乞"。我记得阿 Mà 会 Mà（抓）一把小白菜给我，阿树会把两块豆腐放在我的小竹篮里。"行乞"归来后，记得母亲便带我在家门口路边地上，点上一支又一支的香，把豆腐、小白菜以及兴化米粉等，摆在地头，供奉地藏王菩萨。当夜，我家（其他各户亦如是）便以供佛的小白

菜、豆腐和兴化米粉一起煮起来，每人一碗，以做晚餐。

思乡时，有时会念及那里的豆腐店以及普度节；眼前会出现某种文化气氛和民俗趣味，那样的亲切、古老，和已经是那样的辽远了。

三

十岁左右，即我由私塾转入小学就读时，每日凌晨，母亲给两三枚铜圆。这是早点的费用。除非大风雨，在微明中（有时会见天上有一钩黄色的晓月，几颗星），走出巷北，到塔寺前阿树的豆腐店中喝豆浆。有时来得早，会遇到两位盲人夫妇（四十余岁）正从豆腐店里走出来。男的用竹竿探路，走在前面，女的扶在男人肩上，跟着走。他们是阿树豆腐店的短工。如果遇到生意大起时候，譬如逢年过节，我会见到男盲人还在店内推磨，女的坐在一旁把豆加在石磨的洞孔内，二人配合得很协调。店内幽暗，还点着一盏煤油灯，悬在灶头。这是很大的土灶，灶火通红，灶上置两只大锅。阿树坐在锅前一只高脚竹凳上，一边用竹棒子在锅面收豆腐皮，一边用鳖壳做的勺子给围在灶前的顾客倒豆浆；一勺刚好一瓷碗，一碗一个铜板。大家就站在店内喝豆浆。大都是老人。有的泡油条喝，有的泡兴化米粉喝，有的另外加钱，在碗内泡了豆腐皮喝。这些老人边喝边谈一些古今轶闻逸事。有一位名叫三七生的老人，能讲阎（锡山）冯（玉祥）大战事，有如说《三国》。有一位老太婆也常到店内喝豆浆，她来时总从衣兜内取出一个鸡蛋，说是刚下窝的，还暖和。她请阿树用豆浆泡了鸡蛋，一口一口喝下去，周围的老人都喜欢取笑她，给她一个善意的诨名，曰维新嫂。我现在要说明一下，这里所述有关喝豆浆的故事，出在二十世纪二十年代末期。当时，我家虽然有不少出洋回来的留学生，而在民间男女来往还很不自在；维断嫂却能自如地进豆腐店喝豆浆，便显得不俗。

我自己往往喝两碗豆浆。我喝过后，老人们大都也散了。店内的煤油灯被吹熄，街上稍见明亮了。这时，我便跑到附近的城墙上玩耍，有时还带书本来温习功课，城墙上空气新鲜、透明。在那里有时会见到城下护城河上的小船，看到空中盘旋的老鹰。城头石隙间长出青草，开出蒲公英和野菊的花朵，又常见蚱蜢在野花野草间跳来跳去。这些情景也给我留下深深的印象，后来竟然写入我的散文或童话中来。

四

至少在讲兴化方言的地区，这莆田、仙游以及惠安北部、福清南部、永泰与莆仙交界的地带，即风俗习俗和语言大体相同的这些地区，早餐均用稀饭，而佐饭必有豆腐，甚至几乎只有豆腐而已。不过，我要说清楚，在乡下，特别是偏僻山区，未必每日均能吃鲜豆腐，他们佐饭的往往是用盐腌过的豆腐，或者豆腐乳，有时连腌豆腐也吃不到，只有腌菜。在城镇，在中等的家庭，每晨佐饭的鲜豆腐，用开水烫后放在碟上，其旁有一小盅酱油，并滴点麻油。此外佐饭的，还有油条。这实在

是传下多少代的家常便饭了，而且，每户几乎每天如此，几乎成为一种饮食习惯或风俗，其中似乎表达一种普遍的俭朴家风。

我有一个印象，兴化地带的居民，俭朴而又好客；加上此一地带，特别是莆田，看来在闽中较为富饶，所以，在一般的中等家庭，如有客人以及遇到喜庆的日子，早餐桌上佐饭的菜肴颇见丰富。首先，是一大瓷碟的鲜豆腐，除了一盅上面浮着麻油的酱油外，豆腐上面还涂了芝麻酱；除此之外，有油炸紫菜、油炸花生等，这都是素菜了。荤菜有：一碟海虾、一碟羊肉。我顺便说一下这两道荤菜。以莆田而论，西北高山雄踞，东南临兴化湾，又临湄洲湾，更有内海，如东门外阔口桥下的滩涂，离城不过三四华里。大约为了"保鲜"，从近海或内海刚捞上的鱼虾，有的就在海滨就地用传统的烹调方法（一般是"蒸"）蒸熟后放在特制的竹筐内，由渔人快步挑至鼓楼前鱼摊转卖。这种"蒸"熟后的海虾，其色白，其触须、虾眼以及甲壳，似都发出一种清新的海鲜味。至于羊肉，大约也为了"保鲜"以及做出特殊风味，也有一套传统烹调方法。这便是，在深夜里宰羊，剥毛后，整只羊放在大锅内文火煮熟，然后退火，此熟羊又整夜浸在此大锅的熟汤内，至次天清晨捞起，挑到鼓楼前大街的羊肉摊上，切片出售。这种切片后的熟羊肉，无腥味，极鲜嫩。以上所述，包括涂上芝麻酱的鲜豆腐在内等若干兴化早餐的菜肴，似乎可以代表一种独特性的饮食——"早餐"文化？它至今遗存在民间。前不久，我回到家乡莆田，在一位亲戚家做客，这些兴化豆腐、兴化熟羊肉、海虾以及炸紫菜、花生居然一一都吃上了。

五

豆腐的烹调方法甚多，我无力细表。我想谈一谈一种兴化（即莆田、仙游一带）有关烹调豆腐的方法。莆田城厢鼓楼前，过去（譬如二十世纪二十年代以至四十年代）除了鱼、肉摊外，有卖羊杂、牛杂，蛎猴、蛏猴（兴化方言谐音，一种风味小吃）以至北方煎包的小摊、小担。这种小吃大抵具有地方性风味。我最喜欢吃的是"贡"豆腐。所谓"贡"，用的是莆田方言谐音，看来是融化焖和煮于一起的一种烹调方法；它似乎主要用于烹调豆腐。或谓，此"贡"豆腐，当是一种通俗的、平民化的食物。现在还可记得的情景是：在古谯楼下的石墙前，露天搭一布棚，棚下摆着木桌、木长凳；棚前置一大木架，架上摆着大炉、大锅，炉内火光融融，锅内"贡"着豆腐，其上有冬笋、香菇等。大约到了午前十点钟时分，那些山民挑进城来卖的木炭、柴木等已脱手，那些渔民挑来的海鲜已脱手，乃各在长木凳上找一座位，坐下，要一碗"贡豆腐"。小时，我有时也挤在他们中一起吃"贡豆腐"，只觉得碗中的豆腐，脆而松软，汤中有淡淡的香菇以及冬笋的甜香。我一边吃，一边听山民、渔民讲故事，非常有意思。

兴化炸豆腐，其色浅黄，鲜嫩，看来这要依靠善于掌握火候，但一般妇女均能做出很好的炸豆腐。冬天，以炸豆腐焖山东种大白菜（当地产），为一佳肴。豆腐的副产品、加工产品种类甚多，如豆乳、豆干等。兴化有一种豆腐加工品，是把豆腐

压得薄如一张浅白色的连扣纸，把它切成丝状、线状，与豆芽菜一起炒，亦为佳肴。在湄洲湾或兴化湾的内海，淡水与海水交汇的海泥中，产一种鱼，当地名之曰跳跳鱼，大目、细鳞，夏时往往做鱼汤下饭，味鲜美。有一道菜，把跳跳鱼和豆腐一起放在蒸笼中，急火猛蒸；跳跳鱼痛得要命，往豆腐里乱钻；如此做出的一道菜，闻亦为名菜。小时，喝过一口汤，不知怎的，感到恶心，以后就对此菜感到敬畏。这里顺便提及此菜，旨在说明，有关豆腐的菜肴，并非都能令人感到适意。

（首发于《当代》1990 年第 1 期）

"佛跳墙" 和火锅

我曾作散文诗《佛跳墙》。对这道菜有如下的一段记述：

它，

闽菜体系中的名菜

——佛跳墙。它，据云是

鱼翅、干贝、海琴、鲍鱼，

以及猪蹄、鸭舌、鸡翅膀、鹅蹼，

以及鸽蛋和鲳鱼肉片、马鲛肉片，

以及猪肠、猪肚、羊肺、羊肝、羊脑、牛腰子，

以及适量的绍兴酒、蜜沉沉和几滴醋，

以及香菇和木耳，

以及适量的茴香、葱和蒜，

还有一点糖，

井水若干升，

以及我说不上来的山珍海味，

——饕餮者心目中的日之英，月之华，统统装进一只

陶瓮内，用泥封口，然后按照道教传说中神仙的炼丹术，

在陶瓮下面烧起炭火，不太旺，当然也不能太微弱，烧了

整整一个白天一个黑夜！

我为什么如此不厌其烦地将拙作引录到本文中来？是想让读者诸君得知：在字里行间流露着我的一种不以为然的情绪！呵，我对这道菜似乎"不敢恭维"。在《佛跳墙》中，所谓"抒情主人公"的"我"，"没吃过这道菜"。实际中的我，情况不是如此。1973年，我从下放的闽北山村调到省委党校学习后，等待分配工作。几位在党校一起学习的同志，忽然心生一念，拟至某菜馆（有一同志与该菜馆熟悉）定一份"佛跳墙"，可是没有定到这道菜。到了1980年初，某次有位与我从未谋面的侨胞，通过某君邀我参加一个宴会。席间有"佛跳墙"这道菜。只觉得这是道大杂烩中的大杂烩，吃不出好味道，吃了几口就觉太腻。上引拙作《佛跳墙》的一段文字，记下了当时的"印象"或"感觉"。

这类意欲把人间美味统统汇集于一炉的做法，我不太喜欢。我总觉得人对于食物有所好，有所不好，况且，把那么多的"杂烩"放一瓮内煮起来，那些食物各自的本来味道便都走样了。当然，他人如果喜欢此等"名菜"及其做法，我也不能反对。

我却喜欢火锅。火锅也是一种"杂烩"吧？但面前有一盆火，情调实在好。各碟菜，随意加上，随时添上，各就所好，有一种尊重"吃客"的旨意，也是能适人意的。我曾在成都街头吃过火锅，那是"通俗化""平民化"的火锅，菜的品种不多，也不是名贵的菜，但那时已是秋凉，四位友人对着火锅边吃边聊，倒也很有趣。我还曾在香港吃过火锅，那是在锅底通上电，就不如用炭火煮那样富有情调了。

（首发于《泉州晚报》1990 年 1 月 26 日）

年轻时候

这一天早上，他坐在阳台的藤躺椅上，观看阳台栏杆上一盆正在开花的玫瑰。女儿忽然走过来，说："爸爸，你从来不和我讲一讲你自己年轻时候的事情！"

"什么事情？"

他注意到，女儿这时似乎有些羞涩。女儿望了他一下，接着以一种含有年轻姑娘的某种深意的暗示，笑着说："爸爸，听人家说，你年轻时候很潇洒……"

他不以为然地说："哪里。"

女儿说："有人看过你年轻时候的照片。还描写一下，高高的鼻梁，明亮的眼睛……"

他笑着说："爸爸老了，别说这等事……"

女儿以一种含有年轻姑娘某种深意和试探的语调，说："爸爸，那你讲一点点你年轻时候难忘的人或事情……"

要讲一点点哪方面的难忘的人或事呢？不管如何，他似乎有所感触地说："可是，那都是遥远的事情了，孩子！"

随着，他又喃喃地说："那又怎么说得清楚呢？"

女儿听了，感到父亲似乎有点感伤，她是一位对待父亲也很讲礼貌、有教养的姑娘，便抱歉似的借故离开了阳台。

他望着女儿的背影，她走到自己的卧室去了。他开始闭目养神。这时，他恍惚地感到，女儿刚才所问的、所欲了解的，可能是有关他的爱情的事情？那么，这怎么说好呢？

他想，他一生爱过两位女子。一位是听父母之命而与之结婚的结发妻子。她坚毅，她贤淑，她具有旧中国女子的自我牺牲精神和品德，她无条件地爱他。而他，似乎不仅爱她，而且感激她。她已经辞世六年了，他至今时或怀念自己的亡妇。但是，怎么说好呢？他在爱自己的妻子的同时，的确曾经暗自倾慕另一位女子。他写了一些书简，表达这种倾慕之情，但始终未发给这位他所倾慕之人；而把这些书简作为小品文，用一个化名在若干期刊上发表了。是的，他始终未曾向这位女子表达自己的心事，但情况又的确如此：他至今有时还会暗自念及曾经和她一起散步过的山间草径，念及那座小山村、杉木林、小溪和溪上的浮桥以及散步尽处出现的一座小小土地庙……看来，确有一粒爱情的种子，仿佛被封起来，埋在他的心中……

他想，人之一生中，可能有一些心事以及悲伤，一些情感的克制和矛盾，会一直埋藏于心中，直至终老。

（收入《晴窗小札》）

图案及其他

图案

　　我的寓所坐落在闹市的一条古巷中。这里原来有几座前清贵人的宅第。我的寓所是一幢五层楼屋，我住第五层的一套居室。从居室的阳台上，可以望见残存的古老花园的遗址、幸存的树木和没有被推倒的、墙檐上有泥塑的断垣。从阳台上，可以眺望闹市中的现代化的高层建筑物和它们的茶色玻璃窗，可以眺望起重机的铁塔以及被新的、古老的屋宇、树木包围的城区丘冈上的电视塔，还有时或成群飞过低空的鸽群，等等。我常常感到，我的眼前出现一幅斑驳的、在最初的印象中总以为是把色彩随意涂抹的图案，出现一幅实际上是各种色彩正在微妙地变化、互相渗透的图案，出现一幅人的意志和历史必然性在执行其权力以便使图案在古老的质地上日益趋向现代化的图案，一幅点缀飞鸟的、走向现代化的城市的风景以及人的深邃的思想转化的图案，如此等等。

焰火

它能够使夜空出现一片富丽的、华美的天地，出现光的孔雀羽毛；它能够使夜色中出现玫瑰、葡萄以及野菊、绣球花、枇杷等的果实、花瓣，出现它们的粉红、堇紫、淡黄、粉白、天蓝等缤纷色彩并且做出火的飞舞；它使我看见在夜空倏忽地、倏忽地爆破出火山口，喷出千万种色彩的钻石，随即化为火的雨一般地洒下来，又化为火的喷泉一般地降落下来；

它使自己燃烧，于是，自夜的高超和深邃处以变化无穷的璀璨，使世界欢乐。它使自己燃烧，于是，成为灿烂的雨和喷泉、花瓣和果实，以娱悦我们的视觉和心灵，并且降落到我们的心灵中间来。

画眉鸟

早晨，我在阳台上观望右侧不远处的一隅，那里是一座清朝贵人的古老花园的废址，那里有断垣和树木。翻过断垣，那里有一座平屋，黑色的屋瓦上有瓦松、枯萎的狗尾草，它的小院里有一棵高大的杧果树、一棵石榴树。不知怎的，从四周的高层建筑物中，我会想起那里仿佛是一种逐渐褪色的岁月和逐渐消失的历史。今晨，我又这样想……忽然，我看见有一只画眉鸟，飞到那道断垣上来，我似乎有几分惊讶，有几分惊喜：怎么会有一只画眉鸟飞到这里来？它是侥幸地从一只鸟笼中间

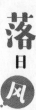

飞出来？难道它会从山林中间飞来？

　　只见它豁达地、泰然自若地在断垣上停留一小会儿，就从那里飞到那座平屋小院中的杜果树中间去。树荫浓密，看不见它了。可是，不久便听见它的歌声，清越、婉转、纯洁，觉察不到中间有一点一滴的烦恼从杜果树中间传出来。呵，这是一种天才和灵感之同时间的被激发，一时化为即兴的歌？但是，我感到这种歌声中间似乎没有一丝一毫对于四周环境的感应，这，即使纯洁、婉转，我们不能，我们办不到。

　　（收入《晴窗小札》）

夏历九月笔录

晨曦

夏历九月初一。

从邻居的杧果树间观看朝霞，另有一种趣味。这棵杧果树甚高大，比我们现在居住的五层楼还高。四面多半为高层建筑物，当然也还有若干屋瓦呈暗褐色，土墙生长瓦松、狗尾草的古屋、旧屋。邻居的这棵杧果树，就生长在一座古屋的庭院中，不知怎的，常使我心生一种难言的怜爱之情。我有多次在晴美的早晨从它的枝叶扶疏间望见城市东方苍穹间的朝霞，的确感到别有一种趣味。譬如，透过它的枝、叶、干之交错所形成的纷繁的空隙间所见到的彩霞极其明亮，对于我的感受来说，总显出一种奇异的深邃感；显出的美丽与海边所见朝霞，意绪颇见不同，颇难言传。今日，晨起，从书室步入阳台，不意间看到杧果树背后那朝日初升时发出的光明及其所渲染的彩霞，除往常所感到的一种深邃以外，似乎更出现一种博大、宽宏的美丽。与此同时，并感受到晨曦的光明。又似乎正是——透过杧果树，照亮四近的高层建筑物以及那些有暗褐屋瓦和生长瓦松的古屋、庭院，从而出现若干晨曦中的屋影、树影，等等。这

是我以前并未注意到的美景。总之，今晨对于晨曦和杧果树的感受似乎较往日显得略为丰富。我觉得自己的心灵的视野可能稍见广阔。这有助于我对外部景象的感受力的增强和理解，从而加深我的爱。

斑鸠

九月初二。午间，有些倦怠，乃躺在阳台的藤椅上休息。抬眼间，不意从邻居庭院中杧果树的树荫中间，看见两只斑鸠在横枝（杧果树极高大，树间横枝有的粗大如树干）上走来走去。这引起我加以观察的兴趣。在我的印象中，斑鸠性颇机警，它似乎一直处于戒备状态中。我为什么有此种印象，而且此种印象是自小取得而又一直留在心中？小时，家中有一座族人共有的、祖遗的小花园，园名芳坚馆。园中荔枝树间常见斑鸠在筑巢孵雏。也许由于鸟的保护小雏的母（父）爱的天性？也可能由于在家乡，那些斑鸠时受猎人袭击之苦，因此使它们的性情机敏且常存戒备？它们的听觉亦很灵敏，只要闻及某种声响（如足声），即从树间远飞。小时，我很喜欢斑鸠（当然，从小还爱自然界其他禽鸟），每至芳坚馆，特别走近园中荔枝树下时，总是放轻脚步，从不喧哗，因为怕惊动树上的斑鸠以及其他禽鸟。有时索性远远地站在一边，观看斑鸠们在树间的种种动静，心中有说不出的愉悦。

此刻，斑鸠在邻居的杧果树树荫间的一段横枝上走来走去，我感到有一种悠然自得之意。斑鸠的这种心态，我竟然于自己的晚年始初次见到、体察到。此刻，一种儿时说不清的愉悦，以及暮年见及儿时所爱的禽鸟的愉悦，同时回到心中，来到心中。但觉这种愉悦中融入一种淡淡的怅惘。

新月

九月初三。晚，见到月亮。我忽然记起白居易的诗《暮江吟》云："可怜九月初三夜，露似真珠月似弓。"看来这是记述秋夜和新月的情景、情怀的。我又想起这首七言绝句的前面两句："一道残阳铺水中，半江瑟瑟半江红。"这是记述秋夕和落日的情景、情怀的诗句。诗中所出现的诗情，和我此刻所体验的自然景象，虽然经历十多个世纪，仿佛仍然显得协调。唉，即使此刻我所处的城市周围，没有江水，没有草地和露，但苍穹出现一枚月亮，也就很够了。

我感到大自然曾经在我的心灵间孕育某种品德。对之，我在任何情况下，都不能遗落。

月亮

（一）

夏历九月初四。近晚，我立于书房前的阳台上，忽然听见七岁的芸孙指着西天说："公公，看！月亮！"

我抬眼一看，只见一枚白色的月影，一枚淡淡的月影，隐隐地出现于苍穹的淡蓝之间。这是初月、新月，于今晚之最初

的显影。其庄严、简明，其美丽以及其深刻之情意，一时无法体察，只容把情景记在心中。

（二）

……当暝色渐浓渐深的时候，一枚新月在不为人们觉察之中，渐渐出现浅黄和光明。其附近也出现几颗星，呈金色，呈浅黄色，等等。我记下这点"月景"，旨在记下自己的一个感想，即古今中外记述或描绘月亮的文章或其有关片段，似乎都没有什么突破或有意义的进展，即没有能够写出月亮的真正品格，譬如它的端庄、娴静或别的什么。文学作品通常只记述、描绘月亮的外部的美丽。

自然

夏历九月初五。现在谈论自然，人们会认为是非常可笑的、迂腐的。但是，我何必因此顾虑重重呢？文学创作要给自己的心灵以安宁和自由。唉，此刻是初秋的夕暮。从书房的窗口眺望，只见淡灰色、淡蓝色和微微发亮的苍穹，为什么没有一片云？只见苍穹低垂之处，城市西边的远山背后，一色柠檬黄的光明，使我感觉有火焰在山下燃烧，又感觉仿佛是从天空中向那里倾泻下火焰，同时把透迤于西边的所有远山又都染成一色的深紫，出现一种色彩所渲染的气势、意绪。我似乎曾经领略过？但我的内心清楚，而且有一种明确的认识，像这样的秋天的夕暮的美丽以及这种柠檬黄和深紫，从来不曾重复过，这便是自然。

我觉得谈论自然，将是毕生的事，因为在我看来，"自然"是一位智者，接近他，尊重他，随时能够得到他的启迪……

自我表现

九月初六。应上海一家著名晚报之约，作《我为什么写作》一文，文长三百字耳。我立于（未坐下）书桌前，不假思索一气写毕。现录以备忘：

在某种意义上说，文学创作不过是一种自我表现。

1938 年，我作散文《失掉了家的》，为了表现我对于日寇的憎恨。二十世纪四十年代后期，我曾以一些化名写《短简》，为了表现自己对于一位友人的爱。前六年作《致亡妇》，为了表现对于妻的爱和感念；当然，在这篇散文中，也触及"文化大革命"。

对于自我表现需要有更深的层次的理解和把握。这种自我表现为了满足人的天性：创造和对于人类社会的奉献。作家在文学创作的自我表现中，不断充实自己的心灵，并走向自我人格的完成。

这篇短文，由于约稿时有字数限制，有些话未能说清楚。其实，我总有这样一个意思：文学创作对于作家来说，不止是一种自我表现，或者说这种自我表现中，重要的是自我的人格展示。我在文末提出，在文学创作中不断充实自己的心灵并走

向自我人格的完成，又带有一种自我教育的意义。问题总是两方面的，也存在相反的情况，不少文学作品充满着矫情，这其实是一种公开的谎言。这样的作家只能走向良知的堕落和腐败。

我警惕自己！

自省

九月初七。翻阅近若干日的笔录，有若干片段记录月亮、斑鸠、朝暾和杧果树等。我觉得只有在晨、昏时分，在我的一日的工作尚未开始（这样的时刻，往往立于阳台上闲眺），或因读书、工作过甚而倦怠。而躺在阳台的藤椅上休憩时，心境始逐渐得到某种平和、某种愉适。这样的时刻，和处于这样的心境，我似乎对于四周的自然之某些景象，有一种敏感，并且心中出现一种纯洁的情感以及一些天真的思想；把此等心态记录下来，不见得能够算是一种文学作品（譬如算作小品文），但很真切，自己读来，有时感到像是一位亲人对自己谈话。

语言

九月初七。北京有一位编辑来，她是从事幼儿读物编辑工作的。无论如何，这是人类事业（我必须作如此提法）中最崇高的一份工作。她来前曾给我一封信，说要来看我；过去我们不曾谋面。也是在北京，有一位幼儿园的老师（阿姨？叔叔？未曾谋面），把我的《蒲公英和虹》——这是二十世纪五十年代，我专为儿童写作的一本散文诗集——中的几首作品，在某些字句上做个别文字的改动，在某一自然段中间删去个别字句，编入一册幼儿读物。这位北京幼儿读物的编辑，专为此事到寒舍征求我的意见。

我把改动过的字和删去的字句，与原作做比较，立刻有所醒悟：稍微改动，朗读时，孩子们便听得懂了。

我做如是反省：这不仅仅是个别文字、个别字句的改动、删减问题。就我自己来说。我想到自己已经与儿童的语言和表情方式疏远了，陌生了。

幼儿文学是最纯洁的文学？然。

幼儿文学的语言：纯洁。

个人见解

九月初八。今日摘几颗个人思想的无花果（似乎还未"成熟"，苦涩）。

一、废气污染，噪声污染，还有各种各样的教义的污染；人们却在最"文明"的国度里，看到教堂和各种各样的有关团体。

二、人类创立宗教。

是否可以说：每个人的心中都有自己信奉的宗教？我这里所称的宗教，含有"迷信"之意。

因此，人类的文明社会之到来尚颇辽远。因此，信仰自由在当前的人类社会里成为一种必要？无宗教的社会，始可称为文明世界？

哲学

夏历九月初八。一个想法：现代主义的一些哲学，不外企图发掘、追寻以至阐明人性之最深切的内容，即人性的"内核"？我个人以为，弗洛伊德借助现代科学，借助生物学、生理学、医学等的某些法则，借助他作为医生的临床经验，苦苦思考、追寻，找到人性的一切表现的本源是性欲冲动。

从生物学的观点看，譬如玉蜀黍、水稻、芜菁的花粉之受精，如蝶的交合、鸟的交合，是一种本性，一种天然的欲念。从此，物种繁衍……

人类的情况格外复杂。人类世界中出现社会结构、家庭结构，出现国家、阶级，出现人际关系，有了文化、文学、艺术，有了哲学；于是在社会结构中有各种社会制度、法律和道德……于是，人性遂还得以社会学的观点加以审视。

曹雪芹早先于马克思、恩格斯；对弗洛伊德来说，也是"前辈"。我似乎在《红楼梦》中看到曹氏用马列观点，也用弗氏观点处理此部罕见的杰作。我在《迎七十生辰》一文中，曾约略提出这个看法、印象，不知妥否？此是"二元论"？或有可取之处？

人生

夏历九月初九。友人 B 君，在对待爱情问题方面，周围的人都称他是纯洁的，都觉得无任何道德上的小疵可以指摘。他六旬失偶。有友人赠他以诗，劝他续弦，他婉谢。

我曾参加他夫人的追悼会。这位老者，在众人面前，竟向夫人遗体号啕大哭。以后，约六年时间，没有见面，闻他一直过孤寡生活。今天，我们见面了。在我的客厅里，他平静地对我说："我并非一位禁欲主义者。我也不可能对于亡妇专情。我曾思念在我和亡妇结婚之前的那位恋人……"

他又说："有一些女子向我表示某种情意，譬如，有一位女子，多次来叩门。她曾叙述童年时代在一条雨巷里见到我的印象……有一位女子，多次写信给我，两次说道：夜间，最好有人代你扭亮灯光，等等。"

我急忙问他："那你，决定了吗？"

"什么？决定什么？"他正色地反问，"我厌弃这些。我烦死了！"

他告诉我，这几位女子，正如一位诗人所说的，丑陋得有如干瘪的玫瑰。

我无端地感到忧伤，感到人生的烦恼、愁苦。

文学

夏历九月初十。作为人，不得不生活于世俗之中，往往因此无奈何地耗费精力。

对于文学的功能，往往作过高的估量。二十世纪三十年代，我国处于民族危机之中，人民处于水深火热之中。那个时候，

据说有些散文写所谓身边琐事，也有谈论月亮、草木者。此类作品往往被笼统地加以指责。如果有分析地指出问题，当然是合宜的。以后这种据以指责一些作品的论点，常被无节制地扩大"应用"范围，有的被作为暗箭射向某些作家，或用以冷嘲某些作家；它曾经被明目张胆地作为打击作家的棒子。

其实，文学作品不过是一种人类生活中的奢侈品而已。在普通情况下，它成为人类精神生活的一种享受，有的具有道德力量；有少数杰出文学作品，的确有如一部某特定社会的百科全书。只在非常时期，文学才成为号角，或是鼓点。

凡文学作品，只要写得真切、自然、朴素，往往都能流传下来，于是，成为人类精神的财富。

一成为精神财富（遗产？），它的奢侈品性质更加暴露出来。

宗教

夏历九月十一日。有时觉得可笑。人有时成为一位精神瘸子，拄着一根宗教的拐杖在人生道路上行走。

阿 Q 也信奉宗教。这是他自己建立的宗教，即阿 Q 精神。阿 Q 拄着这根拐杖行路和处世，直到他受刑之日。不过他的子孙满天下。

蝴蝶

夏历九月十二日。我喜欢蝴蝶。记得在二十世纪四十年代便曾写了有关蝴蝶的散文；以后，陆陆续续，大约又写过若干篇。其实均未曾把我看见蝴蝶时的欢喜之情写出来。

书屋之窗常开。常见阳台的花盆中开放的鲜花，招来蝴蝶。我往往因此放下手中所读的书籍，观看它们采花粉和它们翅上的图案。它们对于花朵，有一种纯洁的感情（它们从很远的野外飞来？），当然也包括它们翅上的图案，总是使我感动、欢喜。但是，我自己的这些感受，虽然多次写了散文，总是不能准确、真切、自然地表达出来。

今日，又见两只蝴蝶，先后飞到茉莉花间吸收花蜜。这两只蝴蝶，一只是白色的，一只是黄色的，翅上并无明显的图案。茉莉花的花期快结束了，也许这两只蝴蝶是本年最后一次到来？

滑稽

九月十三日。两位：各代表一个政党（各为该政党推选出来？），为竞选总统的候选人。衣冠楚楚，举止洒脱。这两位政治角逐者在九十分钟（规定时间？）的互相攻讦之前，互相握手一下。

你在电视荧屏前偶然看见这种情景，不要为之恶心。请以冷眼视之。因为，我们随时都会看见这类喜剧。

滑稽的深刻意义在于扮演者并不知道自己在扮演一个喜剧中的什么角色。

萱草的花朵

九月十四日。今日忽然念及二十世纪七十年代旅居于闽北一座小山村时的生活。一天，我携着不到六岁的女儿行于山径之间——这是晴朗的山间的清晨。小径两边，草地上净是露水；有如没有凝结的霜，有如才消融的霜，因为看去是一片绿色中出现发亮的茫茫白色；在这白露如霜的草地中间，我忽然看见一株萱草开着三朵浅黄的鲜花……这完全是一种邂逅；我与花朵在秋天的山径中的邂逅。

我当时不觉紧紧地握着女儿的手。她不到六岁。她懂得人生的凄苦和安慰吗？她知道人生的超脱吗？

符号

九月十五日。

读章太炎的《八卦释名》（见黄寿祺、张善文合编《周易研究论文集》，北京师范大学出版社，1988年版）。章氏有一见解："余亦谓八卦为上古之文字，特以非记物之符号，乃记数之符号耳。"我意，唯其（八卦）不外是一种符号，是很抽象的，故其可以因人而各做出某种哲学论断，甚至是十分深刻的哲学论断。

书橱上有《易》。取出随意翻了一下。得《易上经·贲卦》：

象曰：山下有火，贲。君子以明庶政，无敢折狱。

从字面上看（望文看义？），其意思似为：山下火焰融融，呈光明景象。应修明管理众人的政治，不敢轻易折断狱事。是含有如此意思吗？我本来想随意"卜"个私事，这中间却似乎有一种昭告于世界上的公事的含义。

阵风

我时或思念一种情景。人到暮年，在思乡情切时，似乎易于念及这种情景。

少年时期常在故宅的名为芳坚馆的园中读书。读一些与自己的年纪颇不相称的唐代诗歌，诸如李商隐或者杜牧的诗歌。还往往坐于一棵高耸的、树荫铺地的古辛夷树下，学着塾师吟诗腔调读诗，似乎不是从诗意而仅仅是从诗所传达的音乐意趣中得到读诗的乐趣。这又往往是在晴明的夏日的午后。我在兀自读诗时，有阵风送来郊外远处演出草台戏的笙歌声，此时，在我少年的心中，仿佛同时出现诗、音乐各自传达出来的情景，它们交错而又融会于一起，形成一种难以捉摸的、迷人的情景。

芳坚馆的园中有一池，池畔有阁，阁上有楹联，联由先曾祖父幼安所书：

有时风向池边过
坐久月从花上来

这对楹联也许曾经培养或启发我的某种意趣。夏天或秋天的夜晚，我有时也坐在阁中看池中的月影。这样的时刻，常会从深巷间随风传来盲歌人的筒鼓和他所唱的故乡民间音乐小调；这歌声又仿佛是经过月光和树影传入我的少年的心中，凄切的、对于命运之不平的低诉……

的确如此，少小时所听的音乐——从芳坚馆的园中，在日夕或月夜，听见随风传来的盲人所唱的民歌小调以及草台戏的笙歌。在心灵间投入的意趣，现在想起来已是那么悠远，却仍然使我感动，使我感到如此亲切，而且与思乡的情意一起出现于我的暮年的心灵间。

雾

九月十九日，到了八时，早雾愈见浓重。不仅屹立于市中心附近的乌山，于山上的古建筑、树木以及两座电视塔一一笼罩于雾中，附近一些为我所喜欢的树木，附近人家庭院中一棵高大的杧果树，还有东面那片高出若干屋宇的古榕树，一一只显出朦胧的轮廓。附近的一些高层建筑物，也只显出诸如贮水塔和屋顶平台上栏杆的朦胧轮廓。我站在窗前，忽地念及二十世纪四十年代在闽北一个山村就读（当时，学校迁址山区），以及七十年代举家旅居于闽西北一个山村时所见的雾景；同时想到，不论是早年（或者说过去）以及目前所见的雾景，似乎都出现这样一种情味，即外部真实世界所存在的事物因雾霭弥漫而出现了原来所没有的情味。人们在这种情味中思索自己已经认识或未经认识的事物时，都会感到一种重新创造事物意象的愉悦，或者取得本来事物不曾包含的新鲜含义的愉悦。

黄色的花朵

我想起聂鲁达一首题为《黄花的颂歌》的诗。开始时，诗人唱道：

> 衬着蓝色活动着它的湛蓝的
> 是大海。衬着天空的
> 是一丛黄色的花朵

我相信诗人在这首诗中赞颂的是他的故乡——智利的狭长的海岸线，在一片金色的沙滩上开放的一丛黄色的花朵。

我的故乡有一座海岛：位于湄洲湾出口处的湄洲岛。去年9月某日午后，我到湄洲岛拜谒岛上的妈祖庙（天后宫）以后，即前往当地俗名为狗头山的沙滩上去看海。天和日丽，覆盖大海的蓝色苍穹衬着湛蓝的大海；而在金色的沙滩上，我忽然看见一丛绿叶有如蓟草、开放几朵黄花有如郁金香的植物：它衬着无垠的蓝天！正如聂鲁达继续歌唱的：

> 十月来到了
> 大海尽管
> 那么重要，铺展开

它的神话，它的使命，它的酵母

在金黄的沙滩上

却爆出

唯一的

一丛黄色植物

吸引住

你的眼睛

放弃伟大的海及其波动

向着大地

　　我至今不知道湄洲岛狗头山沙滩上这一丛黄色的花朵学名是什么，当地俗名是什么。但这小小一丛无名的黄色花朵，它衬托着大海上的蓝色天空，它又向蓝色的大海指明岛上大地的存在；一时间，它的确吸引住我，使我感到，它仿佛是大海、天空和大地的中心。

　　（收入《晴窗小札》）

海葵及其他

海葵

有一次，我在海岸边缘的岩石间漫行。这里的岩石非常粗糙，呈沉重的铁青色、灰褐色。海葵就出现在岩隙中间。它被我于无意间看到。

（其实，我很早便认识它了。当然，如今已说不清是在什么年代已认识它了。）

这次我在它的面前停住了，它是一朵绿色的海葵。在岩石上面，它在做梦，设想自己是一座巨大的风车吗？它不会感觉到自己是一个在儿童手中旋转的小小的风轮吧？我想，海葵有自己的梦中的设想和选择，这是可能的，因为它也是一种生命。

它分泌黏稠的唾液？用口盘吸住僵硬的顽固的岩石，并且赞美自己的触手有如花瓣？它的固守一处的德行，使它自己成为一个世界而固定在这海岸边缘的岩隙中间了。

（它慵倦？它懒惰吗……）

当潮水在海岸前面，喧哗地抨击、呼喊以及潮水浸到岩隙中间来时，我看见它的花瓣展开来，从容地提出某种模糊的期许，并且以暗示和诱惑，让海水、未蒸发的盐、沙粒、微生物、

藻的孢子囊以及鱼的排泄物和海的尘埃，——漂流到展开的花瓣组成的世界中间来，从而履行和证实自己的生命哲学的真谛。

泥石流

我已开始跨入古稀之年的生命的门槛，但我并不曾亲眼见过泥石流。有一次，夏季的薄暮，火车经过一座大山的悬崖，其下为江流，其时大雨滂沱。泥浆形成许多瀑布从喧哗、混乱和阴湿的雨声和风声中，从悬崖上的赤裸的土坡以及暴露的树根间，夹着沙石乱哄哄地奔窜下来……但这只是极其小可的水土流失现象。当时从火车行进中的车窗间望见这情景，似乎也有恐惧感和威胁，以致会在我的心中留下印象。让我重复说一下，我只不过偶然见及此等微不足道的水土流失现象。但是若以我的经历，以我的阅世之深，我似乎约略能够理解虽然未曾目睹、未尝身临其境的泥石流现象。或者说，姑不论我是否能够理解，然而能够发出若干提问。我想，它难道是一种无可比拟的盲目性？它在自然哲学上，可以轻松地说，只不过是无数微小的水土流失以及土地生态失调从量变到质变的物理效应？它难道仅仅是一种裁判、一种谴责、一种惩罚吗？它难道仅仅是一种报复吗？看来，它总是伴随天黑地昏、低压的彤云、最集中的大暴雨、大风以及雷殄而来，它好像要扶着最原始的野蛮、癫疯，反理性的破坏力以及专制主义的暴虐，造成了山峦和土地的松动、失去平衡和倾斜、崩裂，从而掀掉世界的坚固……开始暴力破坏和制造灾祸！至此，我又想，地震是一种自然暴力，地震可以从地质学、地球物理学等纯自然地研究以建立其生发的原理，并预测其爆发的时间、地区。而泥石流仅仅是一种自然暴力吗？

对于像我这样饱经沧桑的老者（以及和我相同际遇的生灵们）而言，它绝不仅仅是一种自发的自然暴力。它可能是几声警钟。

画像

这是一座属于老人的灵魂世界之奥秘的描绘？

那上唇的一撮灰白短须，表示一种威严。藏在微垂的、松弛的眼睑后面的双目，有如湖，表示一种深邃、一种不可测知。有人说，这些外表描绘都极酷似。有人说，由于这幅画像是生人的画像，其人在某一特定地域有一定的权位、势力和宗教信仰，画家用一种含蓄的色彩和线条描绘出他的画像，以致这位老人自己似乎也不知道在含蓄的深处是画家的赤裸裸的揭露。老人一再端详这幅画像，他似乎能够发现在威严、深邃中间出现一种怜悯、一种慈爱和睿智；而所有这些，正是此位老人所呈现于众人面前的品质。老人甚至十分愉悦。因为他已年逾六旬，从全幅画像看来，即使为了保持某种真实感，描绘了他的稀疏头发和光秃秃的前额，但画像中那撮上唇的短须不仅威严，而且因此使老人显得比实际年纪年轻了几岁。老人并不知道，除了他自己（他不愿正视？）以外，肖像画中的灵魂世界对谁都是可以感知的。画家的色彩和线条所显示的含蓄背后，提供一

个又一个有关这位老人的故事，或者秘密。概括地说，便是：老人的某些欲念至今没有凋谢和萎缩；譬如，他对于权力的迷恋以及他对于女色的沉溺等；他的智力似乎还在发育，以致他更加善于使用心计，玩弄计谋；他更加感到越有权力，越不会失误，计谋越能得逞，以致他更加觉得弄权和策划计谋是生命极乐之源泉；只是他的良知凋落、腐败，发出恶臭……

在某一历史阶段，这幅画像有如一棵树，表示存在，却不预示死亡。作为艺术品，画像未揭示某种必然性，也许是缺陷，也许是它的独特性。

海市蜃楼

……那里（在天与海相接中间），有雪原和雪原上开放的百合花。

随后，看见在天与海相接之处：

也在那里，出现冰冷的、蓝色的火焰，以及从蓝色的火焰中间开放的一朵一朵红色的郁金香、鸢尾花、罂粟花。

（其实，都不过是匆匆飘过的浮云，稍事休息的浮云罢了！）

没有人想到，那里，忽然间：

——也在那里，忽然间（有人说，刚好是下午四时），出现一座山峦、山中的河谷以及夏季的树荫，小溪和岸上一幢一幢的别墅以及停车场、游乐室、购物中心和医院的楼屋、窗以及新开辟的高尔夫球场、新开拓的上山公路……那里，好像没有夏天和炎热。

没有人想到。

忽然间（有人说，大约是四时二十分了），它们在那里消失了！它们朦胧而又清晰，它们颤动、摇晃而又重复地站立……忽然间（有人说，大约是四时二十分了），它们在那里消失了，化为一种淡蓝和淡灰色的空茫……

这虚幻的真实！这从真实中折射出来的虚幻，没有任何声音，没有思想，谈不到逻辑，谈不到法律。这虚幻的真实，这从真实中折射出来的虚幻，在使你的双目愉悦时，一一迫使你承认它们的存在，惊奇于它们的存在。

夏夜偶得

夏夜。看不见堤岸的、无始无终和黑暗、空洞的银河系中，有一颗未名的星，有如一粒沙、一滴眼泪向我发光；与此同时，旷野的深处，微茫的光和黑魆魆的野草中间，刚刚开放的野茉莉有如泡沫，向我发来一缕芬芳。斯二者：未名的星和茉莉的花朵，在我的眼中和我的意念中的邂逅，使我一时感悟：星的空间和茉莉的花朵的空间，以及哲学中有关永恒和刹那的观念，好像一时共同信奉一种宗教，忽然变得如此亲近。这是夏夜。

读《创世纪》

人类历史的黎明时分，是怎样以文学记录的？那个时期，也可以说是太初的洪荒年代，或是混沌初开年代，人类历史无

从以文字记录下来。于是，历史老人把有关人类诞生及其活动的史实，委托给宗教和诗人的想象，也委托给民间传记，加以整理。所有这些，即使属于追求，甚至确实纯然是诗，或宗教的设想，而《创世纪》的历史传记记录，在我看来，基本是真实的。因为其时食物丰裕，树林里有很多水果，很多鲜花，人性的纯洁，未受损害，所以出现真挚的爱情。

诗人和宗教家的设想以及民间传说都不免有某种局限，某种偏见以及禁忌？在人类历史的黎明时分，还有一个史实，即当时的群婚本身便是一种道德，甚至是人类的英雄主义的最早的表现形式，它之所以产生，仍然是由于人性未被践踏。但是《创世纪》作为一个历史阶段的概括性记录，遗漏了这个史实。在人类历史的黎明时分，总体的表达，应该是人性的纯洁；那时，阶级未发育，战争、权位以及虚伪、计谋未出现，人性尚未受难。

（收入《晴窗小札》）

体验及其他

鸟的来访

3月将要消失的时节，我是说，天气清和的时节，4月即将来临了。这一天，我把靠近书桌的这面玻璃窗打开了。我想起来，自然界中，真正生机勃勃的日子即将来临了。

这时，无意间看到窗外左边的阳台上（那里，我种着几盆草兰和一盆杜鹃），有一只麻雀站在杜鹃的枝丫上，使得那细小的枝条不住地上下颤动。

我发现那只麻雀用儿童般纯洁的目光，注视着我。它好似我的一位客人，向我问候。我怎么会有这种感受呢？这种感受，这种对于鸟类之友好的感应，似乎只在童话中才可能予以表达。但我的确因为有这种感应而感到愉快。但是，我又想，每年4月来时，我的心情原来都似乎是最为愉快的。

体验

——答友人

关于我的《书简集》，这是一束一开始便不拟寄给收信人的

书简。后来我把它们作为随笔小品在一些报纸、杂志上发表时，用的是一个另外的署名。我考虑到，即使我的意念中的读信人看到了，她只能猜想，或只能半信半疑地以为是我的作品。我的这一束书简可能是一种真正的爱情的独白，可能是一束意念中的收信人永远读不到的书简。

大约四十年的时间过去了。我有时也珍惜这些小小的随笔小品，这仅仅是因为我所表达的是纯洁的感情。我让心中的情感从笔端自然流露出来，而全未想到我自己。

晚了。我当时这样想。我国的传统道德观念和我自己的良知，使我不能再爱一个人。普里什文说："自我克制是力的源泉。我曾怀着内心的痛苦放弃了对于一个女人的爱，而爱却带着生之欢乐，化身为诗，呈现在我的面前，听从我的指挥。"

爱埋在心中，它就化为诗的种子，有一天，发出芽，以至开花。

大约四十年的时间过去了。现在我似乎才理解这种特殊的体验。

在我的一生中，仅仅有过这样一次短暂的情感的体验。

忧伤

我已经年老了，有时也会没有来由地感到忧伤。我知道。我能够使自己的内心充实的是正直以及思考，是把自己的思考，正直地写于纸上。

但是，有时也会忧伤。

——这时，我抬头看云（这在我来说，是必然的）。看见它们如絮，如缕，专心致志在天空中浮动，使天空变得美丽。

这时，我知道，云的内心是充实的。

但是，有时我仍然感到忧伤。

——这时，不知怎的，我想起自己在少年时代，曾偶然地读到桑德堡的诗。他是一位杰出的诗人。他的诗中流着美国人民和惠特曼的血液。我想起他的《雾》：

> 雾来了，
> 踩着猫的细步。
> 他蹲在腿上，
> 静静地俯瞰
> 港口和城市，
> 又往前走。

这不是桑德堡最重要的一首诗，但是他最有特色的一首诗。我想，当一位诗人，不仅正直地把自己的思考写于纸上，而且能够有特色地、不可替代地把自己的思考，把自己的行踪如云般写于蓝天，如桑德堡之把《雾》写于纸上，如果能够如此，我的心将是充实的。

正当我想到这一点时，我的忧伤，忽地消化在快乐的泪水之中。

（收入《晴窗小札》）

种豆及其他

种豆

在"文化大革命"初期，曾学种四季豆约两个夏季，因为当时牛棚之址屡迁，故一次在福州，一次在建阳麻沙镇。至二十世纪七十年代初期，举家旅居于闽北一座高山间的小山村，有一小块自留地。曾帮助夫人（已故，祈愿她的灵魂安息）种四季豆、菠菜等。于是，对于四季豆自下种至收获，有一点初步的常识。我原来以为如果让我们种几棚葡萄更佳。因为，不知怎的，我似乎有这样的感觉：当一串一串的葡萄从布满叶蔓的棚间垂下来时，看来比任何果实都使人心生爱怜之情。大约当时每个月还发若干工资，无迫在眉睫的冻馁之虞，所以虽然身在逆境，仍然有某种异想，但不管如何，我开始从不是很自愿，或说从不自觉的劳动中，逐渐发现种豆乃是一种乐事。特别是后来能帮助夫人在地头做若干杂务，深感快慰。

有一种颇为奇怪的情感，即我似乎对于四季豆发生情感。我有时甚至想，它是一种具有随和的、朴素的、善良的品质的植物，一种善于体贴他人的植物。种四季豆，孱弱的书生、老者，皆可得而为之，皆能胜任愉快。依我来看，除了筑篱，使开始成长的豆株的藤蔓攀于篱竿之上时，需要一点劳动技巧和体力，其余如下种、浇水、捉虫等，皆不甚费力费时。最令我感动的是，四季豆的收获，此中有两点值得提一提。一是四季豆乃分批成熟，或者说，每日枝叶间都有一批豆荚成熟了，所以每日皆可采摘。二是四季豆的豆荚往往深藏于叶蔓之隐蔽间，表面看来，似乎很少；但采摘时，随时发现有成熟的豆荚可以采摘，这使种豆者往往感到一种意外收获的适意。

时届夏令，晨起读书，或作文，有时闭目养神。这时，将近二十年前的往事，例如有关种豆的往事，往往出现在意念中间。我有时自问，此等微不足道之事，值得回顾、追忆？但又觉得，四季豆似乎有某些品质，予我以启示，并且使我感动过，所以会念及和它的某种因缘；又觉得，正因为自己随时觉得自己微不足道，才往往念及若干微不足道的往事。

在梦与清醒之间

在冷梦未残，在我的心智未完全清醒的时刻。

我听见曙明穿过夜晚最后垂下的暗幕时的脚步声？我听见雀声？又似乎听见雨声？我想，窗外真的下雨了？

我似乎什么也听不见了。我却看见一棵松树，又看见小时邻舍的、树枝伸过土墙到我家庭院的龙眼树；看见两只斑鸠在松树上互相呼唤（没有声音的呼唤），接着，这两只斑鸠忽然化为一只松鼠，它从龙眼树而不是从松树上，一跳、一跳，跳到松树上；我站在墙边观看松鼠。我看见松鼠的尾巴变成一朵很

长的火焰，它拖着火焰，跳下土墙，和我一起观看在墙边苔藓中间游行的蚂蚁队伍……

我似乎有一种憬悟：你其实是老人了。我对自己说。忽然，我看见一座塔，看见一尊石雕的守塔将军；我似乎又听见那被雨水和岁月又磨又洗得面目模糊的守塔将军对我说：

"——我们都是老人了。"

这是昨天的事。昨天，我扶杖登山游一古寺，访一古塔和塔前的守塔将军。这位将军手持的剑，也被雨水和岁月又磨又洗得不成形体了。

——昨天的事和所见，进入此刻的意念中来？

我仿佛又看见一只有火焰般尾巴的松鼠，跳到石雕将军的战盔上了！

在冷梦未残，在我的心智尚不曾清醒的时刻。

请不要笑我六十九岁！在这个时刻，六十九岁的我，暮年的我，仿佛和六岁的我，幼年的我，交替在我的意念间出现，并且渗透、融化于一起，出现一个不受岁月约束的境界……

雾

湿雾突然弥漫于整座河港。对岸上的丘冈、电视塔和松林，那里的码头以及停泊于码头下江面上的、四近乡镇聚集而来的小木船、汽轮、货船，它们的桅杆和帆，一一看不清楚了。

而在那乳白色的、灰色的、暗淡的、似乎一时凝固了的湿雾中间，这时有一盏灯亮了：它是立于码头的水泥电杆上的一盏巨大的探照灯？它在雾的迷惘中发亮了，仿佛冥冥中有人发布一种警告，或者一种解忧和宽慰甚至一种保障……

雨忆

面对窗外如注的夏雨，不觉念及少年时代（某一天？）在芳坚馆园中所见的雨天。这时，我首先念及园中一棵百岁以上的老木笔树，它满树绿荫，此时它仿佛是雨的一个中心点；只见雨从空中洒在它的每片椭圆形的叶子上，发出天籁，一种天然的音乐合唱。我记得当时倚在小亭的栏杆上，看见木笔树仿佛就在雨声中开放几朵紫花——这木笔树，在初春时全树紫花，是它的真正的花期。现在，是它在雨中无意间开放的几朵闲花……

我哪里想到，我在晚年，会念及这辽远的雨，和雨在树上的音乐合唱以及木笔树的几朵闲花……

（收入《晴窗小札》）

蕨草及其他

和蒲公英的对话

一位诗人到树林的草径中来了。

——他六十七八岁（不是六十五岁），有白胡子了；写作五十年了，手上满是茧。

他朴素得像一位农民。他一到林中，便向蒲公英和野菊点头。蒲公英说：

老公公，你又到林中来了。我听说最近有一位长者，坐在自造的宫殿里，谈论你又写作花朵的灵魂……

诗人说：

——我没有听说过。

不过，我需要时常谈论你们的。因为，我看到你们，便好像走到一个童话世界；而且，我的歌主要是为了赞美良知，赞美心的纯洁和真挚……

蒲公英向诗人挥着黄色的手帕。野菊没有说话，但她挥着蓝色的手帕。

——这是花朵对于诗人的最真挚的报答……

蕨草

哲人亨利·大卫·梭罗说：

——羊齿草纯是叶子。

大自然制造它，是为了要给我们看它能造出多么好的叶子。

大自然说：

——呵，不。

我给羊齿草（蕨草）造出许多叶子，纯然是按照羊齿草自己的意愿。

梭罗在天之灵，点点头，表示同意大自然的说法。

湖

按照普列希文的想法，按照他的说法，或者说，按照他的想象：湖，是大地的眼睛。

我想，是的。我又想补充他的说法。

湖，是大地的心灵的窗口。

那里，有睡莲，有芦苇；

有船；有天空中云朵和飞鸟的影子；

有太阳的影子；

有时，也有闪电和阴云的沉郁的影子。

我还要说的是，当诗人在湖岸上散步的时候，湖中有诗人的影子；

——湖从自己的心灵的窗口，看诗人的影子，并且渴望和诗人交谈……

12月的牵牛花

我想起，我国的北方，已经降雪。我甚至想到，雪落到我国中原的平野和松树上，苍绿的松叶上有片片雪花……

在这里，12月了。牵牛花的蔓藤，仍然像夏季一般，缠绕在榕树的褐色的须根上，铺满在榕树的凝固的、苍灰色的波浪一般的板根上，而开放一朵朵蓝色的喇叭花……

不知怎的，我从蓝色的牵牛花，想到我国的北方，想到那里的雪已经降落了……

太阳和飞鸟

我看见，早晨的太阳了。

在被它照耀间，云彩变成金色的、柠檬黄的、麦黄的、粉红色的……

变成闪光的，富于朝气的……

这时候，我看见一群飞鸟，好像一朵又一朵喜悦的火焰，和太阳一起照耀着云彩和整座蔚蓝的天宇……

我的心，对着太阳和太阳前飞翔的群鸟的火焰，感到无比的辽阔和自由，感到光明。

1986年1月18日，福州

（收入《晴窗小札》）

青草及其他

对于肩膀的印象

我感到，你有如一座正在晃动的、蓝色的天宇，有如一座正在呼号的、蓝色的海域；

我因此想到，我的头发，它像一座暗红色的树林，林梢温柔地，带点辣味地，想去摇撼你：一座天宇！

我因此想到，我的目光一下幻成众星。

它们有如无数忧伤的金刚石，在长天之傍晚的暗紫色中闪闪发光，又投向你的另一形象：一座海域中，和暗褐色的浪的花朵一起出现，又一起消失。

青草

我的心中，有雨的眼泪：因为希冀和焦虑，它从自己的心中流出眼泪，又落在我的心中；我的心中，有日光的呼唤和微笑。

——这些，你们都是知道的。

我的心中，有掀开土地之覆盖以后出现的骄傲和喜悦。但在我的心中造就的天性，从落入泥土时便已经确定，我要报土

地以青色；如果我能够开花，我就开一朵小小的花朵，淡黄的，或者说不上色彩的花朵，只要能够为爱我的雨和日光所喜爱。

武夷倒影

我说的不是九曲溪中的玉女峰、大王峰和它们的草、树以及花朵、云朵和雾的倒影和幻想。前年夏天，从海拔高达两千余米的黄冈山下岭以后，我曾乘车沿着山间简易公路经九曲溪的上流——一道曲折的、或宽或狭的小溪，向九曲溪下竹筏的星村码头驰行。这沿溪一带未必有奇峰、巉崖、危岩之胜。这一带是绿竹、杂树、芦苇、杂草和野花装饰着的连绵的山峦。这山峦的不断的连绵，不知不觉在我的感受之中形成一种难言的壮丽的印象。我觉得这种壮丽往往不为人所理解，或不易为人所觉察。而这种壮丽又与山间长天的蓝色、云朵一起，反映在溪流中，形成难言的幻景，在水中不停地发亮、颤动。这便在我的印象中出现壮丽的清奇和妩媚。

对于山水的理解，如对于人的理解一样，需要反复地接触，需要平心静气去体验，此乃是常理，但往往不易办到。

守塔将军

它站在蔓草之间。它后面的一座石塔，第三层和第七层的石栏杆，已经倾圮；第七层的塔顶原来像一只葫芦，据文字记载，在十九世纪初叶，遭雷火之袭击，只剩下一个葫芦的蒂——现在看来，就像一只残缺的圆形石盘。

这位守塔将军仍然立在塔前，立在蔓草之间。它身上的战袍和手持的剑，以及它自己的面目在几百年的雨水洗刷中显得模糊不清；我觉得，在它的心中，记忆似乎也已经模糊不清；至于它的心中的情绪，悲哀或是在忏悔，似乎由于雨水的洗刷，人们也无法辨认清楚。

焦山[①]银杏

焦山在秋天里出现的银杏是如此的美丽，以至在五年之后（虽然，在敏感或善愁的人的感觉中，这是多么短暂）我还记得它们，时或想念它们。而那著名的瘗鹤铭碑，著名的定慧寺的色彩，在我的意念中日渐消退了。是的，我说的是银杏在秋天的叶子的色彩，不论是从风中飘落下来还是飞舞下来的叶子，不论是还在枝上抖动的叶子还是已经落了、已经铺在树下的叶子，都是灿烂的，正在燃烧或已经冷却的火焰似的。

我不知道银杏在秋天何以使我怀念。这美丽，我觉得有时是难以言传的；而这美丽，往往是人们的心境愉悦的时候才会体现或能够感受；而这美丽，又往往是在人们的怀念中再现的。但我还不知道，我何以一定要怀念焦山的银杏？

（收入《晴窗小札》）

---

① 江苏镇江焦山，位于市东北的长江之中，它因东汉焦光在此隐居而得名。它是一个风景区。

鸟的散文

麻雀

在季羡林同志访印后所作的某一篇散文中，我记得其中曾提及印度的虎皮鹦鹉到处可见，比麻雀还多。我自己访问波兰以及路过苏联时，却看到那些古老的广场上，以及如克拉科夫这样堪称世界煤都的大工业城市街上，还有，例如我在华沙下榻处欧罗巴旅馆门前的人行道上，都是野鸽，使我想到东欧的野鸽比我们在国内日常所见的麻雀还多。

我忽然因此感到麻雀特别可爱了，我无端地在心中生出一个见解，以为每个国家都需要有一种甚至若干种随处可见（例如包括人众如流的广场以及街巷里）的、繁衍的禽鸟；这种景象是否能表达这样一种诗意：人和自然之间的关系、人和禽类之间的关系如此亲密；这种诗意又同时表现这个国土的文明景象和人的气质。

鹰

不知怎的，我对于苍鹰有一种亲切感，一如我对于黄莺、

喜鹊和斑鸠。这大约由于在幼年时候，我时常看到它。我在
《猫头鹰》一文中提及，我小时常见猫头鹰于黄昏时分站在我家
对门四婶妈家的屋脊上。我要说，小时也常见苍鹰站在对门四
婶妈家的屋脊上。猫头鹰好像闭着双目，而苍鹰的双目炯炯有
光，向前雄视着，又像在搜寻什么。

我记得像猫头鹰那样，它站在屋脊上，似乎总有一阵南风
吹起它的羽毛。它会站在屋脊上叫着："——嚁——嚁"

记得有一次，四婶妈看见一只苍鹰站在屋脊上啼叫了，便
告诉我："要下雨了！"

我记得总是这样的，苍鹰站在对门四婶妈家屋脊上那么一
会儿以后，便拍着巨大的双翼，一下冲向蓝色的高空中去了！
我小时，非常喜欢看到苍鹰振翼飞上高空……

小时，我也常见到苍鹰在蓝空中盘旋。它们有时是三只，
有时是四只。我还记得，有一次我看到八九只苍鹰一起在蓝空
中盘旋。这么多的苍鹰一起在空中不停地打着圆圈盘旋，引
得对门的四婶，还有我的祖母都站在庭院中抬头向空中观望
着……

我还不能忘记，在我家附近，有一座龙眼树园，这果园里
有一棵在当时似乎是全城最高大的树：杧果树。那树梢有一只
很大的，用许多枯枝搭成的鹰巢。我小时有时心生一种痴想：
几次独自一个人，跑到杧果树下，希望能看到苍鹰从巢中飞出
树梢的情景。到如今，当我由于年老而思念故乡时，其间往往
念及童年时眼中的蓝天，蓝天中的鹰和杧果树上的鹰巢。

鹳鸟

在童年时代，我在英语课本上，从安徒生的童话中认识了鹳鸟。

不知怎的，我坐在课堂里，望着学校的钟楼，在童稚的思念中，以为那些鹳鸟，可能长得像中国画上立于松树下的丹顶鹤，从丹麦飞到埃及去，在一家埃及人的尖顶的楼屋的烟囱边造巢过冬……

（当时，我大约是按照课本上的插图，又按照自己的想象，作这样的设想的？）

我没有想到，到了晚年，我能够在波兰的贝德哥什赤市郊区的一座森林公园里，看到鹳鸟。也没有想到，鹳鸟真的像我在儿童时代所设想的那样，有很长的腿，有如丹顶鹤，有如鹭鸟。它们用枯枝筑巢，筑在这座森林公园中一座湖旁边的电线杆上……我不觉站在湖畔，望着鹳鸟和它们的鸟巢，心想：难道这些鹳鸟是从丹麦飞行而来的？它们的生活中充满冒险，充满毅力、胆量以及明辨和判断的才智？我不觉站在湖畔，对着站在它们的鸟巢旁边的鹳鸟，心中呼唤，童年在童话中认识，而到了老年在异国的一座湖边相见的鹳鸟呵，你们好。

猫头鹰

猫头鹰往往于黄昏时，出现在我家对门四婶妈家的屋脊上。四婶妈家是我们祖宅的正屋，整个屋脊有如两边翘起的鲤鱼的脊梁。在当时的我，儿童时代的我看来，猫头鹰不言不语，好像是沉默地骑在屋脊上。

我对于它的爱，似乎不亚于我对于麻雀、八哥、鹰以及黄莺和斑鸠的爱。黄昏是我放学以后最是自由的时间，我看着好像是骑在屋脊上的猫头鹰，只见晚风把它身上的羽毛吹起来。我看着，有时心中会想：它为什么那么安静？它不会像斑鸠那么地呼唤，像鹰那么地在空中盘旋，像喜鹊那么地高声喊叫……

有一次，四婶妈看见我站在石阶前，一直呆呆地看屋脊上的猫头鹰，便悄悄地走近我，关切而又神秘地对我说："不要看，那不是——好——鸟！"

我当然无法理解她的意思。后来，我也不知是什么时候，听说猫头鹰是不祥之鸟。

——然而，我始终喜欢它：猫头鹰。记得有一次，我看见一只猫头鹰沉默地站在屋脊上；不多久，忽然看见它张开双翼，飞到邻近一座龙眼树园的树荫中去。我至今记得清楚，它飞行时，没有一点声音。

在我放学回家以后，黄昏的时候，当我还是一位儿童的时候，我常常看见对门四婶妈家的屋脊上，有一只猫头鹰。当时，在我看来，它是骑在屋脊上。

黄莺

黄莺在我国的古典诗词中，受到诗人的关注。例如：

葛之覃兮，施于中谷，维叶萋萋。黄鸟于飞，集于灌木，其鸣喈喈。

——《诗经·国风·葛覃》

对于黄莺发生喜爱之情，可能早在自己六七岁时，当时，在我家附近一所私塾里就读。除读《孝经》以及《论语》《孟子》等书外，也读《诗经》。毛奇龄《续诗传鸟名》："黄鸟，黄鹂也。原作鵹黄，以鸟本黄色而间以黑色为缘饰，因两举其色而统名曰鵹黄。"毛奇龄对于黄鸟的这一段很有趣味的解释，我是后来在一本有关《诗经》的注译的书上读到的。小时，我的塾师看来也大体按照毛奇龄的说法，对我们解释"黄鸟"为何鸟的。我记得很清楚，塾师还说："这黄鸟，吾乡都叫黄莺！"

以后，我读到一些古典诗词。如杜甫："两个黄鹂鸣翠柳，一行白鹭上青天。"（《绝句四首》之一）如杜牧："千里莺啼绿映红，水村山郭酒旗风。"（《江南春》）如韦应物："独怜幽草涧边生，上有黄鹂深树鸣。"（《滁州西涧》）以至明代杨基诗句："徐行不记山深浅，一路莺啼送到家。"（《天平山中》）等等。不知不觉间接受文学陶冶，不知不觉间对于黄莺心生一种情意。得说一下，少年时代读韦应物的《听莺曲》，似乎更给我以一种对于欣赏音乐的启示（白诗《琵琶行》亦生此种影响），一种谛听天籁以及鸟声的启示。在我的家乡，在我家各叔伯共有的一座祖宅中，有一座先五世祖郭尚先（号兰石）遗下的小园林，曰"芳坚馆"（芳、坚，乃兰、石之意）。馆甚小，而布局颇佳，内有小池、假山、树木、花卉。黄莺（当然，还有蜂、蝶和其他禽鸟）飞行其间，唱吟其间。黄莺的风度清雅，歌声细小、恬淡。韦应物诗云："东方欲曙花冥冥，啼莺相唤亦可听。乍去乍来时近远，才闻南陌又东城……"说也有趣，曾令少年的我，天欲曙便起身到芳坚馆听莺啼。

喜鹊

《诗经·召南》有《鹊巢》篇。这首古代的民歌似乎在歌唱女子出嫁的喜悦，一共三节，每节的开始都是：

维鹊有巢，维鸠居之。

我小时读到此诗，心情也很喜悦。我倒不见得是能够体会女子出嫁的喜悦；当时，作为一个刚在私塾里启蒙的儿童，我之喜悦的由来，可能仅仅因为诗中提到了喜鹊。

可能在读到《鹊巢》之前，我已经喜欢喜鹊了。我记得很清楚，我小时，常常一早就听见喜鹊在附近的果园里以及在对门四婶妈家的屋顶上不住地叫：鹊！鹊！鹊鹊！喜鹊的叫声好像比其他禽鸟的叫声显得更爽朗、热烈，使早晨显得热闹。我想，这可能是我小时喜欢喜鹊的缘由之一。另外，喜鹊与牛郎织女的民间故事有关：小时听说，每年七夕，喜鹊于天河中排队搭起鹊桥，让隔河相思的有情人过河相会，这实在是成全人的一种美德。这个故事也多少使我因此喜欢

喜鹊了。

白鹭

（一）

联想，有时似乎不可理解。我隐隐约约地记得，少年时代初次在故乡的郊外，远远望见水田里有一群白鹭，我曾因此想到百合花。现在追忆起来，当时会作诸如此类的联想，可能因为二者都是雪白的，在我眼中都显得很美丽。

（二）

写下这个题目时，我想，自己已不知多少次谈论白鹭了。但是，我觉得还得谈论一下。理由之一，似乎是由于我国古典诗歌中，往往出现白鹭这个形象或意象。我国著名古典诗人，譬如杜甫等（可以举出数十人）的诗中，都不止一次歌咏这美丽的禽鸟。而我自己，或许受古典诗歌的熏陶，又或许由于小时常在家乡的高树间、空中或郊外的水田间，看到这美丽的禽鸟，以致自小在心中便出现一种对于白鹭的爱的情感。由于这些原因吧？我在自己的散文中，多次谈论白鹭；而这种谈论白鹭（当然，包括其他一些鸟类，包括麻雀）的兴致，到了如今似乎更加浓厚。

昨晚从福建电视台的节目中，看到白鹭！我感谢这位摄影师，使我能够看到成千上万的白鹭，在海浪间，在海岛的悬崖、峭壁以及众多的岩石、山上的青草间，上下飞翔，还听见无数的白鹭在飞翔间互相呼唤的声音。这实在是令人赏心悦目的自然美景！这成千上万的白鹭原来正群居、飞翔于福鼎沙埕海面的一座荒岛上！

但是，我仍然不免有些惆怅。由于工业以及农药污染，还有生态的失去平衡，由于对待这些污染缺乏得力的措施，对于生态破坏制止不力，还有其他原因，很多过往常见的禽鸟，离开了我们的天空、树林以至我们的屋顶。哦，它们不得不迁居至偏远的荒野以及荒岛上！不止此也，它们如果尚能迁居至可以生存的地方也好，担心的是，据云，在世界范围内，有越来越多的生物濒临绝境。

（收入《晴窗小札》）

这些不过是印象

海滩，潮退的时候

那里留下一些泡沫，一些浪的喘息，留下一些海藻、破布、鱼骨和腥味、油污和几块烂木头以及断柄的船桨？

还有什么？还有几条迷路的青鱼以及它们的微不足道的死亡，以及一切海所欲唾弃者。

南方某岛

（一）

它在我的意念中间，现在只留下天的蓝色和浪的蓝色；而且在这两种蓝色的渲染以及怂恿下，出现海滩、海岬和海岸上伊拉克椰枣树的蓝色、风的蓝色以及凤凰木的花朵的深红的热情所——化成的蓝色。

所有这些蓝色，欲深欲浅，都是自由的、温柔的、变幻不止的。

（二）

只有沙滩上一座炮垒仍然是坚硬的、灰色的；它们从剥落的水泥中露出的石头，仍然是灰色的；在我的意念中，那里好像一座地窖，其上长着历史的疮疤和死了的牡蛎的空壳。

海岬

那是立于海滩上的一座海岬。往南一点，有无数榕树、台湾相思树的灰色的根系，向它的裂隙间伸进去；有无数爬山藤垂下来；在它的上面，云的影子有时移动，有时停滞。我没有走到那里去过。我曾经立于海边的一块礁石上，远远地望过去，感到在巨大的岩石覆盖下，尽管它的前面是海，上空有云，岩石上面有树，它仍然像一座阴暗的房屋，里面有荒诞的梦和不会开花的爱情，萎缩和令人失望的爱情。

杉坊村①，一棵古柏

它好像有一双手套。在中午人们休息的时候，把手套套在双手上，去捉日影、鸟、云和吹过的风。

它还有一个口袋。

它用白云把月亮包了一下，然后放在口袋里，在夜间人们休息的时候，在雏鸟睡眠时。

---

① 二十世纪七十年代，我举家旅居于这座只有三户人家的小山村。这首散文诗，我当时曾作为一个自编的故事，说给儿女听，下同。

杉坊村，一棵白杜鹃树

（一）

（它开放雪白的鲜花。）

荒凉的冬日，白雪来装饰丘冈、盖着茅草的村舍、自留地的篱笆，长在岩石、村路和小径上的衰草；后来雪融化了，雪水注入它站立的丘冈的泥土中去……

它天天饮下丘冈深层里保存的雪水：纯洁和白色的诗情。

（二）

（它开放雪白的鲜花。）

你们知道吗？

它观看空中不动的云和流动的云；有时也观看山间流动的雾。

时常向太阳询问，让太阳回答它的疑问。

它也谛听村中溪水传来的声音。

它的心中有种种在自然景象中流动的情意以及它自己对于自然的天真的理解和疑惑。它开放雪白的鲜花。

（收入《晴窗小札》）

节日的饮食

我国民间传统节日，历史悠远。譬如，春节相传在尧舜时代已相沿成俗。当然，远古时代岁首的时间不尽相同。但据称夏朝岁首与今农历相同，我国民间至今通行的阴历宜称其为夏历（这里，我得说明一下，1911年民国成立时，改用阳历纪元，称阳历正月初一为元旦，阴历正月初一为春节）。又如上元节点灯，据称东汉明帝时已经开始；那时于是夜，主要在寺院、宫廷"燃灯表佛"。此佛教礼仪随后逐渐成俗，成为民间盛大节日。这类节日的习俗的流传，不仅历史悠远，且一直深入民心，一直深入于民间的千家万户，实在是很有意思的一种民俗。这些民间传统节日，往往具有群众性的娱乐性质，且于不觉间寓以某种伦理、道德教育。每一民间传统节日，往往各有特别的活动项目，譬如春节拜年，上元（元宵）点灯、舞龙狮，清明踏青、扫墓，端午竞舟，中元祭祖，中秋赏月，重阳登高，除夕围炉，等等。这些活动项目各具有浓重的东方文化背景和民俗氛围。我要再说一遍，实在是很有意思的。

本文的题目原拟为《民间传统节日的饮食文化》，嫌其太啰唆，简化为现在这个题目。我在本文内打算谈的只是个人对于我国民间传统节日某些传统饮食的感受。不过，上面所述，也

许是有关传统节日的总印象，先谈一下，未尝不可。我国民间节日，一般说来，除各有特定的娱乐（当然还有别的活动）项目外，又各有特定的饮食项目。这些饮食项目，有的是地无分南北，均有，譬如说吃元宵、吃春卷以及中秋饼、端午粽子，等等；有的仅仅流传于某些特定地区，具有地域性的限定。而某一节日的特定饮食，虽然大河大江南北均有者，亦往往具有某一地域的特定风味。我以为此等节日饮食的文化景象，是足取的，很有意思的。

兹谈对几种节日饮食的感受或印象。但仍得先啰唆几句。二十四岁以前，主要生活在家乡莆田。二十五六岁以后，直到现在，定居福州。当然，这中间常常外出，晚年更有国外访问之行。但外出地区，多在闽南，所以说的是这些地域的传统饮食。先说元宵丸。我以为泉州的元宵丸最佳。这座文化古城的元宵节，往往在开元寺以及街坊间点灯，搭草台唱南曲，以及举行诸如拍胸舞等民间舞蹈，出现浓重的民间节日欢庆气氛。与此同时，各家吃元宵。我要说是，二十世纪八十年代，我曾多次至泉州度元宵节，在一些友人家吃元宵丸。发现各家所制元宵，各具风味。盖其馅所用调料各显其长；即其馅虽然主要为芝麻等，但或加陈皮，或加橘皮、话梅以及生姜等，另外，大概又因调料各按所好配制，如此必定显出不同风味。同样是文化古城，我的家乡莆田，不知何故，元宵夜却不吃元宵，而是吃花生汤（此花生汤，颇使我怀念：除花生外，另有以地瓜粉做成的"粉条"以及红枣等，在他处未见如此的花生汤）。莆田是在冬至节之前夕，各家各户点起红烛，围在大竹箩前"搓丸"：把大米粉与糯米粉以滚水调匀后，搓成丸，并捏少数诸如银圆、金宝、臼以及小狗等。次晨，即冬至晨，把煮熟的冬至丸，用以祭祖。小时，家乡即在城关，亦常见许多禽鸟，如八哥、喜鹊、鹰、猫头鹰、斑鸠、黄鹂、白头翁，等等。引起儿童兴趣的是，冬至节之晨，除把冬至丸祭祖外，还投到屋顶，喂喜鹊。大人们说，七夕（节）时，众喜鹊在天河上为牛郎、织女搭桥，有功，所以冬至节要请喜鹊吃冬至丸。

至于春卷（春饼、春盘），我以为厦门最佳。记得莆田于立春日吃春卷，不过以韭菜、豆芽菜以及粉丝等为馅，颇简朴；当然，以其为节日食物，吃时也感到很有趣味。二十世纪六十年代，有一次在厦门吃春卷，颇觉别开生面；这几乎可以说是立春的一次春卷宴。桌上除摆上若干碟春卷薄皮外，满桌摆上各色馅料，诸如肉松、炸鱿鱼丝、黄韭菜、煎海蛎、虾仁、豆芽菜，还有甜花生酥以及蒜泥、辣酱，等等。友人围成一桌，各就所好取料，包春卷、吃。现在已记不得当时是否还在桌中央摆上火锅。我有一个感觉，厦门的春卷，不离开传统，又有所开拓，也是有意思的。

住福州久矣。略谈福州的灶糖灶饼，作为本文的结束。岁暮祭灶，在莆田的仪式，记得是在灶公灶妈像前烧香，供香茶、果品，此外免不了要烧"贡银"（冥财）。如此而已。虽久居福州，其民间祭灶仪式如何，还说不上来。每到祭灶以及春节前后，只见杂食、糖果铺便出售灶糖灶饼。都是地道的地方传统糕饼、点心，品类颇多。如花生饴糖、米花糖、芝麻糖、小秋饼、酥饼、洋酥等；有一些糕饼，只有方言可称，我记不出其

名。其中最富于地方糕点特色的，可能是"油麻酥"，它实际上以地方传统手工制出芝麻酥，外以传统红纸包成长方形的"红包"，民间味道、色彩俱浓。我想顺便说一下，前数年在湖南武陵县游桃源洞时，曾在该处道观客堂，与道士一起喝擂茶，桌上所摆传统糕饼，与福州的灶糖灶饼颇近似，只是不见"油麻酥"耳。我想，我国民间传统节日及其饮食和娱乐活动，往往传达一种颇令后人感到亲切、恋慕的文化景象和境界，古人往往以其所感，咏之以诗词，其中不乏佳作，这大概不是偶然的。

庚午年立春，福州

（首发于《中华职教报》1990 年 8 月 4 日）

水杉和风雨桥

闽东屏南在我的眼中之所以美丽，我自己认为，因其县境内多山溪和古老的、深邃的树林，因其在最僻远的山间，自然界的美和人造建筑物的美和谐地融化于一起，且具有某种古意。这后面一点，我指的是屏南县境内的山间，几乎到处可以看到架设于山溪上的古老的风雨桥，和一片据云是避开第四纪冰川时期的祸患而幸存的水杉林。此二者互相配搭，融化成为美丽的风景。

风雨桥是一种很别致的桥梁。在屏南所见此等桥，有的桥跨度长达二十多米者，有的十余丈或不过八九尺者。桥上有木造栏杆。其所以称为风雨桥，因为栏杆之上又有防风防雨的桥板。这种桥梁，使我想念设计这种独特的村野交通设施的民间专家的睿智和想象力。这中间，最使我感动的是在屏南境内所见众多的风雨桥，仔细观察，几乎无一相同者。例如桥墩，造型和图案不一，其中有利用栏杆作为桥上游椅（过客休息的长椅）之扶手者，防风防雨之挡板，有状若巨大之书页者，有形若展开之扇者；有的则仅有栏杆和屋顶，远远看去，桥上好像有一座亭。

每一座风雨桥附近的溪岸上，都有一片水杉林（或在山溪

的此岸，或在彼岸）。我重复说一句，风雨桥和水杉林在屏南永远融化在一起，成为一帧风景画的整体。另外我需要说，凡我所见水杉林，似乎各自发出一种传奇色彩，每株水杉各自诉说自己的不平常的生活经历。另外，容我再说一点体会，我以为从艺术欣赏的这一侧面来看，每一帧风雨桥和水杉林融化而成的风景画，都在各自的其他自然景致的配合下（陪衬下）各具自己的一种艺术魅力，成为一种不可代替的存在。我把这情况颠倒过来或对换过来思考，我明白，当艺术品（例如风景画，哪怕是存在于客观世界中的自然美景）成为一种不可代替的存在时，它开始具有某种魅力。

（收入《石羊及其他》）

雨林的认识

　　对于闽南南靖县和溪乡亚热带雨林的认识，我做了比较充分的准备。先是，我不过在一份五百字左右的材料记录中，知道有一片近三百亩（原来为方圆四千米）的土地上，覆盖了生长近一千一百余种植物的植被。这份材料记录似乎给我带来某种幻想，似乎能够使我透过纸背看见那里的诗情画意，并把我童年以至晚年所见树木、森林的景致给我留下的美丽印象，一一召唤至自己的心中。我有一种愉快的追忆和某种创作愿望。但是，我知道，激情、诗的想象和创作欲终究必须和客体事物的考察以及冷静的思考融合于一起，这样对于文学创作（哪怕是一篇小品文）才有裨益。我当然盼望有朝一日，能到这一片亚热带雨林中去。在这之前，我读了有关生态地理学、生物学、民俗学的一些书籍，对那里的历史、地理环境以及民间传说做了某些研究、调查。我以为这会有助于我认识这座雨林的独特生活和美。

　　及至和溪乡亚热带雨林，我还得借助于当地干部，特别是看林人。看林人五十余岁。他显然每日都在感受森林里的诗情；但他不是以诗的格式表达他的感受，我一开始和他接触，立时感觉得到的是，他是从他的朴实的语言谈吐间自然流露出来的一种与森林同命运的感情，一种爱。把他谈话的语言整理出来，将是一种自由体的诗。我觉得，如果心中有一种像看林人对于森林的感情，我，必定写出诗来。现在，我先要从看林人的口述中，核对我所掌握的有关这座森林的历史以及传说的材料。这样，我从中得知，情况和我事先了解的材料相近。这便是，在八百余年前，这座森林便被有意地保护下来。这座森林所覆盖的山叫六斗山，山麓有一座祠堂，其屋砖墙上，隐隐露出两块像牛角的岩石，如此，这个地带被视为"风水地"而命名曰"黄牛地"。祠堂后面的这座森林被视为整个"风水"的组成部分而保护下来。这是黄姓的祠堂。八百余年之前，有从漳平县永福乡流落至此的一户黄姓村民，看上这里的"风水"，于是定居下来；迁至此乡的黄姓始祖，遗嘱后代一定要好好保护这座森林；其后代随后即在山麓建造祠堂，更订下"族规"：子孙不许砍伐这座森林。对于这点"民俗"，对于这座森林的这点历史，我以为其中渗透着早先在这里生活的人，对于这座森林的价值的洞察力（这是异乎寻常的森林），对于树木和大自然的感情；这种洞察力和感情，从看林人身上可以感觉得到。

行至此座森林渐深之处，即见一棵红栲，隔一区径又有一棵白栲。据看林人称，它们的年龄分别为一千年和八百年左右。有关地理学、生物学的某些知识，似乎使我能够产生一种理智，对于在表面看来一色苍绿的这座茂林，能够看出它实际上具备一种典型而又极有特色的亚热带雨林的生态系统的林相。白栲、红栲有巨大的"板根"，这种板根，从巨大树干的底部，从土壤表层做辐射状向四面展开，有如凝固的波浪，其高度有的可以及膝。这是亚热带雨林的一个重要特征。入林愈深，便看见另一重要特征，这便是藤本植物和附生、寄生植物以至苔藓，奇特而繁多。林中生长鸡血藤、板藤、花皮胶藤，有的如蟒蛇一圈一圈地缠住一棵乔木柳或一丛灌木的树干；有的如凝固了的红绸舞的飘带随意击于树木与树木之间；有的如板桥搭于树干上，等等。而藤本植物之上，又附生兰花及其他寄生树。我觉得，由于到此之前的一些时间内，曾陆陆续续读了一点有关生态地理学、生物学、气候学等方面的书籍，使我比较容易亲近雨林中树木的独特生活和景色。这是我的创作（哪怕写一篇小品文）所需要的。

在看林人的帮助下，我亲眼看到雨林中植物多层次和谐地生活在一起的景观。白栲、红栲高达二三十米，其树冠在高空中承受阳光。在红栲、白栲以及樟树等乔木的林下，层次分明地生长乔木的幼树、小乔木、灌木、藤本植物，各种类型的羊齿植物以至热带蕨树；红栲的板根上以及地面的落叶上，生长苔藓、地衣。许多小乔木、灌木、野藤、热带蕨树等生长林下，都是在大乔木的树冠掩蔽下的耐阴植物；众多的、分层次生长的植物使林中保持一定湿度、温度。落叶以及地衣和丛生地面的植物（例如结着红色果实的山姜子）又能保持土壤的湿度。据看林人说，林外阳光灿烂，而林中时或迷漫着湿雾或降雨（但我此次来，刚好下霜，天气晴好，林中斜射着从众多树叶、树枝间投入的阳光，看林人说："这是太阳花——一种特殊的日照！"）。这样，这雨林中的各种树木、植物，它们共同造就一个可以共同生活的合适环境；在这个植物世界中，有它们自

己的历史和日常生活，似乎也有它们自己规定的共同生活的准则和道德秩序……我是 1985 年 12 月 23 日上午到南靖县和溪乡六斗山这座亚热带雨林的。我自己在当天的日记中，除了写下以上的一些感受外，还有如下一段文字：

　　我忽然想起克鲁泡特金的某种论点。这位无政府主义者（其实他又是一位地理学学者），曾提出"互助法则"是一切生物（他的主要意思，是包括人类在内）的进化法则，"互助为一种自然法则和进化的要素"，他举出蜜蜂、蚂蚁、蛱蝶、蝗虫、蝉以及西印度群岛和北美洲的陆蟹，还有他在黑龙江畔亲眼见到的移居的鹿群，等等，动物之间"互相帮助的事实"，和从"这些动物生活情景中所看到的互助和互援的事实"（见《互助论·引言》），以证明他的学说的正确性。我想，我在林中对于亚热带雨林生态系统的感受，是否近于互助论的论点呢？我又想：无妨……

　　为什么"无妨"呢？我想，这是因为我所信奉的哲学思想和克氏思想格不入。我们一向从社会存在和社会属性去判断、考察人们的行为，绝不至于把生物界（当然，包括植物界）的某些自然的、本能的习性和现象，用以解释人类的社会生活。我想，有了以上诸般"准备"和认识，只要我的激情一旦被调动起来，我应该可以写一篇有关这座亚热带雨林的小品文。

（收入《石羊及其他》）

双溪镇和四平戏

在闽东的山县寿宁和屏南，就我来说，历史上有两位知县的政绩和行状，令我钦佩。一是冯梦龙，他在寿宁任内，曾修县志《寿宁待志》，体例独特，从中可以看出其思想开明，对所辖境内风俗民情以至民瘼知之甚谙。一是沈钟，他修《屏南县志》，此书成于乾隆五年（1740 年）。我到屏南后翻阅，深感文字简朴，对山川蔬谷鸟兽虫鱼以及民风记述，有条不紊。屏南在雍正十三年（1735 年）与古田分县而治。分县之初，由古田知县兼理县政，至乾隆元年（1736 年）第三任知县到任后，始兴建城池、衙署、学宫以及市肆等，略具一个县治所在地的规模。我到屏南后，特地到这个旧县治来看。这里四面重山环抱，县城北面一山如屏，故曰屏南。整个县城原来处在一个盆地里，有两条山溪从县城流过，又在东门外合为一溪，故旧县城现称双溪镇。这座只有两百余年历史的旧县城，颇具古风。它有一条铺着鹅卵石的市街和许多村巷，格局甚是合理；现在还保存有城隍庙、薛家祠堂。许多民房里均有大天井，通风很好。有的人家还种着牡丹、兰花，民风看来是淳朴、厚道的。那学宫的旧址，现在是一个中学的校址，那里的广场上有古老的银杏树以及四季开花的桂树。这些花木都很老了，都是清初始建学

宫时种植的。我到屏南时，专程到双溪镇一次，路过时停留一次。这座旧县治或者说古镇，给我留下特殊的印象，它似乎使我想到一位县令到荒野一般的僻远地区去建立城池的草创精神、开拓精神。我似乎感到那保存下来的城隍庙，以及那市街，至今还保持着一位开明县令的办事毅力。

离屏南的前一天傍晚，我们到熙岭乡龙潭村。这里离县城九十华里。空中下着山间夕暮的细雨。车过之处，只见山影、树影在灰蒙蒙的水雾之中，若隐若现，模糊难以辨认。随后，我们的汽车仿佛往近千米的山岭盘旋而上。接着，我们的汽车仿佛已翻过一道高岭，然后又随着山势盘旋下岭。这时细雨已止。我从车窗里往外望，感到我们正从山岭行车到一个四面群山环抱的盆地。在暮色苍茫间，逐渐看见黄色的梯田以及村屋、村树、炊烟和村间最初发亮的灯火。我们的汽车可直达村口。没有想到，我们下车时，有村民燃放鞭炮，表示吉祥。这时，天已完全暗下来了。我们随着主人走过村巷，又绕过一口池塘，便到了村委。这村委的建筑，有如一座剧场，中间是舞台，三面是木楼，楼前的走廊围以栏杆，有如包厢。我们到时，舞台上的汽灯已经点得通亮，布幕也拉下了。我们作为重要客人，观看今晚的演出。

这个龙潭村，地处僻远的重山叠岭间。这里住着两百多户人家，大半姓陈。没有想到这里保存着全国仅有的一个剧种：四平戏。我在沈钟所作的《屏南县志》中，得知清代这里已有四平戏。但据说，明代，四平戏已传至此村。情况是，有位名叫陈清江的村里人，在江西参加四平班学戏艺，先学小生，后学老生，前后长达十余年。后来，回村组织戏班。如是，这个戏剧在外省外地失传，而在这个小山村里扎下根，至今已传下十四代了。十分可贵的是，这个村里的四平戏班的传统剧目，保存了宋元南戏的原貌。这个晚上，我在这个偏僻山村里看到《刘知远白兔记》《刘沉香破洞》以及《崔君瑞江天暮雪》，据说，这都是全国罕见的传本。我自己很喜欢《崔君瑞江天暮雪》，此剧鞭挞忘恩背义和对爱情的不忠，塑造一位善良的古代女子。此剧系宋元南戏，剧本失传。可是龙潭村的四平戏班能演出全本，共二十一出。我看的是其中的《冒雪》一出。具体描绘书生崔君瑞得高官后，娶权贵之女而诬发妻月娘为逃婢，押送边远地区。《冒雪》动人地描绘月娘在江天驿途中遇暮雪的凄苦遭遇。在演出间，我觉得这四平戏舞台动作古雅，有的动作十分诙谐；音乐具有民间小调的质朴感、轻快感，且有帮腔。这天晚上，在民间剧场看到在偏僻山村居然流传三四百年的古老戏曲的演出，这种在特殊场合的特殊的艺术享受，令我心悦。返程时，已是深夜。汽车在深山间行驶，时见有昆虫扑上车灯，又时听有虫声、蛙声自车窗外传来。

（收入《石羊及其他》）

南曲

　　泉州开元寺始建于唐垂拱二年（686 年）。我喜欢古寺。似乎是这里古塔、古经幢以及丹墀石础上的雕刻，这里的古建筑群所造成的艺术氛围，使我喜欢？或是广阔的、开朗的、石板铺成的拜庭两侧的古榕树、古重阳木树，那株具有传说诗意的唐桑树，使我喜欢？我至泉州，每日凌晨必至开元寺。这时候，我喜欢思考，想象力较为丰富。我总觉得前人的艺术创造所传达出来的智慧和不衰的生命力，易于引发我的诗情；或则，平日积累的素材（它们仿佛处于沉睡状态）一下在这时发亮起来，自审可以写一首诗或散文诗。在这里，我甚至会有某种幻觉。开元寺大雄宝殿以及甘露戒坛的斗拱上，有木雕涂彩的飞天，手中携着文房四宝，携着南曲奏鸣的诸般乐器。于是，在我的幻觉间，似乎听见在梵语声中，有南曲音乐来自佛殿梁间，来自唐代古长安的教坊之间，又似乎有弹着琵琶的仕女从《韩熙载夜宴图》中走来。这种幻觉，可能是自己有关联想或想象力等心理活动处于亢奋状态时的一种产物？

　　据云，泉州南曲中的曲牌，如《摩珂儿勒》乃张骞出使西域携回的古曲；如《后庭花》是陈后主时流行的古曲。据研究我国音乐史以及泉州南曲发展情况的专家称，泉州南曲中更保存六朝、唐、宋时期流行的许多曲牌。这些曲牌的名称如《阳关曲》《子夜歌》《折柳吟》《梅花引》《涅槃引》等，能引发人们的某种历史感情，能使人联想到诗的意境。唐代为我国古代音乐繁盛时期，当时吸引了外域如希腊、印度、埃及等国的古音乐。《涅槃引》这一名称（曲牌名称），好像能够引发人们对于佛国的某种想象。从大前年算起，我连续三年在泉州度过元宵夜晚。开元寺的两厅、丹樨以及大雄宝殿的前后两廊，以至大街小巷都挂着灯。灯，显然天性具有一种诗意，众多的花灯，使城市的夜晚充满欢情以及节日的吉祥和祝福。有些灯，如金鱼灯、兔灯和走马灯，把人引向一个童话世界。元宵节最大的欢乐似乎是"踩街"，万人空巷地观看扮演各种民间故事的高跷、旱船以及龙灯等载歌载舞从街间经过。即使在这样的时刻，即"踩街"热闹非凡时刻，我知道泉州各街巷间临时搭成的、简易的但也结彩的草台上，南曲的奏鸣仍然使这种音乐的爱好者，在影影绰绰的节日灯影下，听得如醉如狂。他们凝神于一个感情世界；他们知道音乐不似别的艺术，用视觉可以捕捉；它诉诸听觉，然后感应于心灵中，使心灵得到幸福和充实。因此，许多南曲的爱好者，几乎是从童年就慢慢爱好这种音乐，至老不衰。

《乐府杂录》记述，唐代有登楼赛乐的风尚。泉州元宵夜街头随处搭起结彩的草台上的南曲演奏，是否带有"赛乐"的性质？是否为一种唐代遗风？我说不清楚。我只觉得每一座草台都是一座音响艺术造成的感情世界；人们各按自己之所悦，选择一座草台，在其前立定，然后能排遣周围的市声，而凝神专

注于这个感情世界。我自己便喜欢站在街头听草台上的南曲演奏。这是一支美妙的乐队，所用乐器和开元寺大雄宝殿及甘露戒坛斗拱上的飞天手中所持乐器，完全一样。这些乐器及其弹奏技法古老而又独特。白居易诗："千呼万唤始出来，犹抱琵琶半遮面。"看来浔阳江上女子所用琵琶，是竖抱着琴身弹奏的，否则不可能用以遮面。南曲所用琵琶乃横抱琴身弹奏，此乃唐风，现在只有在唐画《韩熙载夜宴图》中始可见及。南曲所用二弦形似二胡，其造型实乃与宋代奚琴相似；所用洞箫，严格地规定长一尺八寸，符合唐制。此外，有铜铃、木铎、扁鼓、响盏等诸打击乐器以及唢呐等吹奏乐器。凭借这些独特的乐器组成的乐队——民间的业余艺术表演家会吹奏出喜鹊穿花的声音，燕子衔泥筑巢时欢乐的笑语声，春天黄莺争相在林中踏枝的声音以及夕暮群鸦投林的呼唤声；会吹奏夏季林中的风声，晚秋里暮天的蝉鸣声以及泉水流过岩石的声音。我特别喜欢南曲中的著名器乐曲《八骏马》，我凝神谛听，好像真的在我的眼中、心中出现草原、蓝天、山谷、长河，出现古代的骅、骝、骢、骖、骥等各种名马在我国中原大地上驰骋的雄姿；在我的幻觉中，有马蹄嘚嘚声和骏马迎风长啸声。我也喜欢听器乐曲《梅花操》，乐起，我的眼中仿佛不断出现雪花、出现压枝的梅花和在风中落下花瓣的梅花、在雪中微笑的梅花以至王冕笔下墨梅的画面。音乐的音响艺术形象，在听者的心中会融化为图画的色彩、画面、意境。我想起《田园交响乐》（纪德作的中篇小说）中盲人能从音乐中看到各种颜色和画面的描绘。这是说，在音乐中人的心灵可以沟通。

南曲有许多套曲、散曲，可以重新填词（如宋词、元曲的曲牌），连贯起来，敷衍成故事。例如司马相如和卓文君的爱情故事，吕蒙正与刘月娥同住破窑的夫妻恩爱的故事，王魁对桂英的负情故事以至陈三、五娘的爱情故事，等等。这似乎也是泉州南曲的一个特点。但我似乎并不太喜欢以音乐表现某些情节的演奏。音乐的职责是表情。有一次，我路过惠安县和泉州市交界的洛阳镇，本来是要看看跨在晋江（入内海处）上的宋代古桥洛阳桥及蔡襄祠。而在洛阳镇街头正搭着临时彩台，演奏南曲。我站在台上谛听这古老的音乐。我看到听众大都是老人，大都是渔民、机帆船上的司舵、水手，石匠和石雕工人，农村理发员、民间兽医、农民……他们都以一种令人感动的善良目光注视台上的演奏。这时我有一个想法，音乐的形象语言，在泉州南曲中形成独特、有力、简洁的一种概括，把人们对于美丽事物的渴求和赞美、对于善良的赞美表达出来。这种艺术不因时间和地域的限制使人感到隔阂，而且可以跨越时间和地域，长久地具有魅力。

（收入《石羊及其他》）

厦门四章

黄昏的榕树

（12月24日，晚，厦门）

……这一棵榕树，立于水边。

黄昏的烟霭中间，我只能朦朦胧胧地看到它的树荫和它从树荫中间垂下的根须：褐色的、暗绿色的、烟一般的、分不清色彩的，虚幻而仿佛又是真实，似已失落，似已遗忘，而仿佛又深深地留在意念之中。

……这一棵榕树，是一棵年老的榕树（或一棵年轻的榕树？）。在五年之前（或在四年之前？）一个黄昏（还是一个夜晚？），我看见过它，或者我甚至曾坐在它的树荫之下。在那里，我的心似乎看见瞬息间的情感和景象之真挚、真切；但是，这情感，这景象，又似乎在瞬间之内失落于、遗忘于一片朦胧的树影之间。

……于是，我的心至今所能见及的仍然只是一片树影的朦胧（这朦胧一直留在意念之中？），似是真挚，似是真切，似是虚幻。

万石莲寺

（12月25日，早晨，厦门）

万石莲寺在厦门狮山万石岩。我曾多次造访此寺，颇以为美，然而说不上来其何以美。我记得对寺前一座石桥以及抵寺之前在途中见及的一口石池，印象颇深，并以其为美；又记得曾以其寺宇之小而不占地为美，或曾以寺右有一石如台以为其美，等等。似乎每次来，必有一点感受，必受其某种启示。但此前数次来，多为数人同来，多为匆匆来匆匆而去；有时尚且至此寺又想至天界寺（寺在狮山仙醉岩），三心二意或一心想顾两三头，以致未能把心儿放下来，专心致志，专心感受此间之美。今日，我决心独自一人来，且似乎是无所事事而来；或许正因为如此，倒能把一颗心全献给此间之美，以致对此间之美似乎能发现其精髓以及得知它何以美。这便是：我这次才发现此寺完全建筑在诸多巨大的顽石之上，才发现寺之周围皆顽石，才发现顽石之上生榕树、生爬山藤，才发现顽石在寺前随意地、杂乱地、超脱地堆叠和排列成石壑、石洞、石溪，而此等壑、洞、溪皆隐藏于乱石之间，不细察不虔心，殆未能发现。

登寺左之石级山径，不太远，有一口诸多顽石自然造成的放生池；再登上一小小斜坡若干步，其上又有一口诸多顽石自然造成的放生池（池上有秋冬之交的落叶）；这样的放生池，似为其他佛国所无。它们使我想起美之最稳当的依靠是自身的独特性，而欲发现美，心要专一，情要纯洁。

美往往受到挫折，有时甚至受到愚弄（欺凌？）。我坐在放生池的一块岩石上小憩，忽然望见山顶的丛树间，露出一石，上刻"万笏朝天"四字，觉得有一种腐儒气，有一种谀媚，乃折返。

南普陀寺

（12月25日，厦门）

厦门南普陀寺的大悲殿供奉千手观音像，金身。烟云缭绕，炉中香火不绝。我立于像前默想，感到自己平生所见观音像不可胜举，有跣足立于莲花上者，有手中持瓶、以柳枝做洒水状者，有垂目默想者，有手抱婴儿者，等等。而我最喜欢的是抱婴儿的观音菩萨，每见及此等像，不觉口念南无阿弥陀佛。

神像之近于世俗者，最动人，佛像也是这样的。

我想起在波兰的古都克拉科夫附近二十公里处，有一著名的盐矿曰维利奇卡矿，世人称它为地下水晶宫，因为矿工在矿内雕出了教堂以及许多浮雕。今年6月，我访问波兰时到过是矿。其中有一浮雕，描绘圣母玛利亚抱着圣子骑在驴上，有一驴夫牵着驴子和她一起赶路。看来十分亲切。这是矿工雕刻的，这位无名艺术家把神像世俗化了，成为艺术品留给后人。

鼓浪屿

（12月25日，晚，厦门）

……这是圣诞节的夜晚。女儿要我到教堂里去听听圣歌。我却怀念起港仔后（鼓浪屿的一座海水浴场）的海湾、沙滩以及那一棵枣椰树来了。人们心中可能各有自己的宗教信念。我所谓的这种宗教信念，并非通常所谓的基督教或其他某教的宗教信念，乃是人们心中的一座信守不渝的思想境界或某种追求。女儿绝不信奉基督教教义，我知道。她企望音乐的庄严。我以为圣歌的某些庄严氛围，可能使她感动，因此她怂恿我去听听教堂的圣歌。而在我的心中，海和一棵树的庄严，往往使我怀念不已。

我携着女儿沿着海岸的斜坡前行。这时，落日在港仔后，从树丛间（从它们的枝丫和绿叶之空隙间），送来变化不止的彩霞和光辉以及海的返照。我觉得景象可心领，不可言传。我只觉得自然界此刻肃穆极了，它感染着我和我的女儿，我们都沉默而不发一言，只顾沿着海岸前行。

（收入《石羊及其他》）

望着绿色

不是为了赏花、看树，只是为了使读书或写字时，双目不致过于疲劳，我的友人告诉我。

——随时望着绿色……

阳台上有一盆石榴，两盆菊花，一盆桂花，皆是我国传统名花。可惜并无郁金香、鸢尾花以及紫罗兰等在域外诗歌中常见的名花。前两年开始种了几株牵牛花。我的原意是，让它们的叶蔓从窗前垂下来，然后开花；但它们的叶蔓始终向阳台的栏杆外面伸展，它们有自己的个性。

对于这些盆花，每日浇水而已，此外并无什么企望。但感到这些盆花间有一种古意，有一种中国画的意趣。此外，我要说，邻舍有一棵高大的杧果树，我似乎很喜欢；特别有一次意外看见有一只画眉鸟飞来，宿在它的树荫间唱歌，以后对这棵杧果树，我心中常常出现某种期待。

总的说来，我在寓所里所能望见的花树，就是这么一些了吧。当然，如果不应该遗漏的话，那便是，还可以望见邻居屋瓦和土墙上自由生长的狗尾草、蒲公英；我一向如此，看到它们（不论在野外，还是在寓所），总感到那里出现一个童话世界。

　　我怎么能够想到，到了暮年，仅仅为了生理上的某种需要，而去看花木以及草的绿色？这的确有一种实际效果，即注目这些花草之绿色若干时刻（甚至片刻），双目感到舒适，目力清晰。但是，随后我便有一个感觉，我注视它们时，怎么没有激情呢？这些花木和草，不论是杧果树，不论是牵牛花，不论是草兰、石榴、月桂，还是邻居屋瓦和土墙间生长的蒲公英、狗尾草，仿佛一一都和我生气了；我心中若干古文化修养，一些诗的灵感和幻觉一时间内都消失了。

　　（收入《石羊及其他》）

豆浆·豆芽菜·佛跳墙

豆浆

那里，有豆浆。那里，当然没有果子酱，不会有乳酪。那里，有豆浆，便会有中国的砂糖和油条——把砂糖放进去，让它溶化，于是，沾着油条，吃下去。

那里，人们吃下去的是具有东方古老传统的、素淡的乳汁，是具有中国血统的饮料。那里，这乳汁、这饮料和坐在一条小巷路边摊前小凳上用一只瓷碗喝这乳汁、喝这饮料的人一起，和油条一起，都是在这古老的曙光来临之际所照耀的、若干世纪以前一直持续下来的民俗的精粹、中国的古意和一种平淡的、深刻的、富于影响力的民间智慧……

豆芽菜

已经是炎夏。夏天，我们睡在水中间。而我们的航船，在我们的睡眠中，携带我们的逐渐觉醒以及有关生命形成和发展的构思，在水中航行。

这是夏天。已经是炎夏。这是一次愉快的航行。没有人知道，在航行中间，按照我们的构思，把水的德行吸取并融化于我们的生命中间，并且使自己的生命一直走向一个开放的世界。我们把壳——分裂开，吐出生命的芽，而又使自己雪白的茎形成，使它有如灯芯草在水中生长。

于是，我们成为新的花卉、生命，心中融化着水的伦理和道义，它的冰凉、清淡、新鲜，生气勃勃地对着夏天的、新的开放的天地。

佛跳墙

（一）

它，闽菜体系中的名菜——佛跳墙。它，据云是鱼翅、干贝、海参、鲍鱼，以及猪蹄、鸭舌、鸡翅膀、鹅蹼，以及鸽蛋和鲳鱼肉片、马科肉片，以及猪肠、猪肚、羊肺、羊肝、羊脑、牛腰子，以及适量的绍兴酒、蜜沉沉和几滴醋，以及香菇和木耳，以及适量的茴香、葱和蒜，还有一点糖、井水若干升，以及我说不上来的某些山珍海味——饕餮者心目中的日之英、月之华，统统装进一只陶瓷内，用泥封口，然后按照道教传说中神仙的炼丹术，在陶瓷下面烧起炭火，不太旺，当然也不能太微弱，烧了整整一个白天一个黑夜。

（二）

（我怎么能够记下以上一段文字？）其实，我自己和所有的普通老百姓一样，都没吃过这道菜。（它叫"佛跳墙"！）

真的，我自己和一些普通老百姓一样，不过从人们的闲谈

中，或者简直可以说是从道听途说中，知道酒楼里有这么一道菜。但我在一些闲谈中，开始隐隐约约地感到，此表达某种人之企图囊括一切人间美味于一炉的一道菜，此欲迎合某种人企图一次占有一切人间美味的野心的一道菜，使我心中曾于不觉间出现一种无可无不可的期望，一种渺茫的欲念……

（三）

这一天，我出城去看一位友人。他是一位教授，比我小两岁，刚刚度过七秩寿辰。他住的房屋虽然陈旧，但围墙内，客厅前有一片种花的空地。我走来时，那一片花影立时使我感到舒适。我在他的客厅里坐定后，他立时说："我的一些学生，一定要和我一起过七十生辰，邀我和我的夫人到一家完全具有现代感装潢的酒楼上去吃一顿——佛跳墙！"

他告诉我，已经不用传统的方式，当场开瓷，说不上来的，只觉得颇为诱人的，具有名菜风度的香味冒出来；而是在每人面前放上一个只有拳头大的小陶缸，打开盖子一看，只见稀少的几块海参、干贝，在菜汤中浮现出来……

"显然受骗上当了！十二人一桌，合计花了一千八百余元；有人计算，每份相当于十二人平均工资的一半……"

教授苦笑着说。但他又补充了一句："我的学生都说，这是值得的。因为难得一次糊涂，难得吃一次虚有其名的名菜！"

（四）

这道古老的菜，在商品经济和当代意识的冲撞之下，正在解体和蜕变，囊括人间一切美味的食欲和野心，已经被利用为夺取利润的心理依据。

（首发于《解放日报》1991 年 1 月 30 日，收入《黄巷集》）

妈祖

　　我的故乡莆田（福建）出生一位举世闻名的女神：妈祖。故乡的人们亦往往称她为姑妈。我再说一下，尽管历代帝王敕封她为天妃、天后、天上圣母，民间仍然亲昵地称呼她妈祖或是姑妈。姑妈原名林默，诞生于宋建隆元年（960年）夏历三月二十三日晚。在我的幼年时代，便知道每逢这个吉夕，民间便出现一种群众性的祭拜这位女神的浓重气氛，妈祖祖庙建于湄洲湾口的湄洲岛上，我迟至晚年始得前往拜谒。至于莆田城关的妈祖庙（亦称天后行宫或文峰宫），小时几乎天天见到宫中香火不绝。而到了她的诞辰那天，祭典最见热烈隆重，具有一种独特的民俗和文化色彩。夏历三月是南方的阳光明媚的季节，百花争妍，各种果树上结着甜果。至今印象犹深，甚至每一念及便感动不已的是，举行妈祖诞辰的祭典的供桌上，用瓷碟供奉各色鲜花，比如金银花、含笑、茉莉、瑞香、玉簪花、月季、玫瑰、紫薇、蔷薇以至豌豆花等；又用瓷皿供奉石榴、枇杷、阳桃、李、凤梨、荸荠等鲜果。这样的供奉，这种具有民间独特意味和表达敬意的祭典为我在其他神庙所未尝见及。逢五、逢十或逢闰三月的妈祖诞辰之夕，必演兴化（莆仙）戏，必迎神出巡。那时，本地民间音乐，所谓十番、十音以及扮演民间或历史故事的高跷、抬阁、马队等组成的队伍，往往可延续至五六华里，此等盛况似亦为其他神祇的供奉所难以得见。以上云云，当然是儿时所知的情况。其后年齿渐长，见闻渐广，更知妈祖庙遍及美洲、大洋洲和日本、东南亚等国和地区。妈祖的史迹和传说，又往往和我国历史上若干著名的海战、海运以及我国在国际上的文化、贸易往来有关，信奉妈祖的群众殆遍及寰宇。

说也奇怪，我个人是到了晚年，始得有出游外省的时机。几乎所到处，如有妈祖庙，必前往拜谒。记得在二十世纪八十年代初期，过天津、烟台等地时，曾拜谒当地的妈祖庙（这可能是一种文化心理，这种心理竟然至老不衰，却可能与自幼看到家乡人民尊崇妈祖以及从而造成的一种神圣气氛有关?）。天津妈祖庙始建于什么年代，未考，但看来颇具规模。烟台妈祖庙尤见壮观，雕梁画栋，拜庭前有古典戏台，据云，其建筑所用木石甚至泥土，无不从妈祖的故乡莆田运来。前两三年，访香港，也去拜谒两座妈祖庙。一座即在以天后为路名的天后道，是庙的拜庭上，安置一座铸造于同治年间的大铜炉，香火鼎盛；又一座在九龙庙街，盖此街亦因庙而得名？那天晚上，想不到庙墙的大门已经关闭，我只得从门槛外面拜望墙内的庙宇。至于湄洲岛上的妈祖祖庙，上面已提及，竟然也迟至晚年始得前往拜谒。从 1983 年至今年（1990 年）4 月（夏历三月）妈祖诞辰前夕，三度登岛，每次均拜谒祖庙及升天处。据称，宋初妈祖祖庙，只有数椽，其后有所扩建，其间规模大为扩展有两次：明永乐年间，郑和第七次下西洋时，奉旨至湄洲岛主持御祭并扩建殿宇，清康熙二十二年（1683年）统一台湾，曾派员登岛主持御祭并扩建庙宇；这些在旧年代依山面海而造的妈祖庙建筑群，曾被毁。1985年我初次来拜谒祖庙时，仅重修正殿。1988年和今年来时，见到已按照清初建筑规模全部重修，计有正殿、寝殿、梳妆楼、钟鼓楼、朝天阁等楼阁殿亭；此外，更建造一座近似明陵入口处的、牌坊式的山门，一座仿造北京前门的城楼，规模比清初更为壮观了。至于升天处，则在正殿后侧的一座崖壁之下，无任何建筑物；我每次至此，念及这里是吾乡一位胸怀拯救民众于苦难之中的大志的女子与故土告别之处，老实说，心中自然出现一种虔诚和崇敬之情。

今年登湄洲岛后，返程时又至忠门乡港里村，即世称贤良港的古海港。现在这里是一座临海的陆上渔村，村内有供奉妈祖的父母的天后祖祠以及其他古庙、古井，如五帝庙和传说中的妈祖受符井等；这些古迹在《敕封天后志》（乾隆年间重修）中所附木版雕刻里，均有图可查考。我在村内还看到一座十分独特的古井，此井位于临海一座崖壁下的古树、藤萝和村屋之间，石井栏上刻着八卦，据云只有宋井，才有此等格局；只见井壁石苔湿润，井水清澈可以见人。我曾在闽西北泰宁看到明井，如此井确系宋井，殊可贵。从此井沿一条村巷前行百余步，就到了确认为宋代古码头的遗址。码头不大，那砌着码头的石条大小不一，长着牡蛎壳和褐色的海藓，一看就心生一种古老之感；码头岸上至今还保存两尊用以系住船缆的宋代系船石，石上留下凹陷的缆痕，更引人念及以前悠远的岁月和海上的风浪。同样使我感动的是，码头正后方台阶上有座题名灵慈东宫的小庙宇，这当然是一座几经重修的庙宇，庙前的石柱，竟然是至今还能保存下来的、具有宋代风格的连础瓜楞形石柱。那天晴朗，整座湄洲湾的海天呈蓝色、呈碧绿色。这座古码头以及它的港道内不见船只，村里的渔船都出海去了，只见高空在盘旋的苍鹰以及低翔于近海的海鸥，觉得这海滨在我的眼中，似乎出现一种为我一时所看不透的、值得思索的历史气氛。我站在这座古码头上颇久，心中出现各种思绪。

那天，陪同我采访贤良港古迹的是天后祖祠的一位主持人。我从他的口述中，相信有宋一代以至明、清，这里都是繁荣的港口。这古码头的系船石，是一种实证。这位天后祖祠的主持人，已五十余岁了吧？他颇熟悉有关妈祖的典故、史实，又似乎颇富某种联想力以及幽默感。他和我并立于古码头上，指着海面，向我提问：是否相信郑和登湄洲岛主持御祭，以及清施琅攻克澎湖，康熙派员赍御书至祖店举行祭典，等等，可能都从此古码头登舟出发的？我笑而不答。其实，立于此码头上，东望湄洲岛，可见其如眉的轮廓在晴光下浮现于海浪之间，至为明晰；从此至湄洲岛不及三里。这位主持人的提问，是完全可以肯定的。我甚至相信，此港、此码头，在古代不仅是到达湄洲岛和附近诸屿的跳板，更是我国东南大陆船舶驶出湄洲湾以达外洋的主要港口、码头。我想，在宋、元、明之际，此港海运的频繁，或许只是仅次于泉州后渚港的吧？正是在这个港湾以至湄洲岛出海口的广阔无垠的海域内，古代出现一位拯救万民于苦难之中的海上女神。从有关妈祖的民间传说以及从笔记、史料可知，十世纪末叶这里出生一位智慧的、善良的、勇敢的民间少女。她谙医理、习水性；她为民众医治疾病；她出生入死，常于惊涛骇浪乃至天地为之昏暗、震撼的海啸中，拯救遇到海难的渔船，或者漂流而来的古代海上客船……我对陪同我的天后祖祠的主持人说，尽管有关妈祖的若干民间传说，带有佛、道诸教的某些宗教神秘色彩，但妈祖被代代奉为女神，绝非偶然。因为，实际上她代表我国人民的某些优良品质，其中包括护国庇民的品质。她之被神化，正代表了我国人民对于此等品质的无限尊崇和敬慕。

前两年，家乡莆田有关方面编了一册《妈祖的传说》，约我作序，不敢违命。请允许我引录《序》中的一段话：

于我的幼年，也可以说直到如今，有两位历史人物的品格，最为我所景仰，并奉为人生的楷模。他们是林则徐和林默（妈祖）。林公虎门焚烟（鸦片）的一把异常的大火，那是表达民族凛然正气和御侮的火焰，在腾空燃烧，不仅揭开我国反帝反侵略的序幕，而且至今仍然作为民族正气和自尊之象征的火焰，点燃于人民的心上。至于林默，我们家乡莆田人从来就亲切地称她为姑妈，为妈祖。她是我国人民慈爱、博大和救苦救难的代表人物，是我国人民无限善良的一种象征。

的确如此。对于妈祖，我似乎从小就在心灵中建立某种近

似宗教的信仰：要免除人们的苦难！重复地说，近些年来，所到之处，只要听说那里有妈祖庙，便抱着一种虔敬的心情前往瞻仰我们的姑妈。晚年家住福州黄巷，这里隔林则徐纪念馆（原为林则徐祠）的所在地南后街只有一箭之地，亦常前往瞻仰。每至，心中往往会升起一种正气之光，感念不已。

（首发于《人民文学》1991 年第 2 期）

海上

吴淞口的夕暮

立冬节很快便到了。暮秋的黄昏来得早。我们的轮船行驶至吴淞口时，夕暮的烟霭已笼罩于此大江汹涌地倾注入东海的水域，笼罩于江和海彼此交接、渗透、替代的水域，江和海彼此会见的水域。我立于船前的甲板上，似乎感觉得到大江的波浪和海洋的波浪正在展示一种因天穹中晚霞的照耀而显出的五颜六色的感情色彩，似乎感觉得到它们在互相表达一种为我的语言所难以描述的、复杂的激情。涛声洪亮、豪壮，而且，我要说，我似乎从来没有听见过如此宽阔的声域。

我立在甲板上，似乎感觉得到暮霭从海上不易为人觉察地上升起来，然后成为一种轻柔的白云，迷漫在浦东江岸上一座暗绿色的丘冈上。那里，便是著名的吴淞炮台？我想到它身经百战，想到它在我国近代历史上所占有的地位，它在反对外来势力侵犯我民族尊严中所展示的战斗的、不屈的性格。我们的轮船仿佛便是从这座炮台下面行驶而过，然后出了大江进入大洋。这时，海面完全浸入看不见边际的苍茫暮色中。这时，天穹中出现稀落的数颗明星。这时，我的视线越过吴淞炮台的丘

冈，望见西南的半边天空，出现一片发亮的红蔷薇园；我想到那是上海，我国最大的工业、商业城市的白昼一般的电光对于天空的照射，这从夕暮的海上，从吴淞口看来，特别好看。

我立在甲板上。我的视线一直注视着吴淞口炮台的方位，直至视线完全模糊了，直到完全看不见陆地了，我才回到船舱中来。不知怎的，我突然想到舒曼（R. Schumann，1810—1856年）对于肖邦（F. F. Chopin，1810—1849年）所说的一句话，他说，肖邦的音乐犹如隐藏于花丛间的一尊大炮。我以为这是十分恰当地说出肖邦音乐作品的美丽及其爱国主义精神。我有一个感觉，吴淞口的夕暮如一首诗或一曲音乐，它表现了我国人民的奋发和爱国主义思想。

下弦月

10月20日，为农历九月二十六日。晨四时半起，沐毕即至右甲板上。此时船行在东海海域内。我感到，此时，海和天穹融成一体，构成一个无限辽阔、静谧、肃穆和暗蓝的天地，这似乎是我初次所见到的。我也许还可以这样说，我初次在这辽阔的天地里，见到一枚下弦月和北斗星座并列在暗蓝而又发亮的天穹中。船行间，我从右甲板上看天穹，几乎看不见其他的星星，只见北斗星座的斗柄向西边的海平线低垂，我觉得今晚它的形象，看来特别清朗、简洁、庄重。这时，甲板上没有他人。在这样的情况下，我的联想或是想象力，显得自由自在、比较活跃。我似乎感到那枚下弦月，此刻好像一只古老的七弦琴，北斗星也好像一只古老的七弦琴，它们一起在这海天相连的、静谧的、暗蓝的宇宙间弹奏一曲心中的歌。

没有风。海，似乎是平静地借用着波浪的声音在呼唤着什么，赞美着什么。宇宙，似乎借用月光，把整个天穹的形象照耀于大海之中。船行间，我仿佛看见海中也有一只下弦月的七弦琴；而北斗星的影子，在海中显得模糊而不可辨认，我用自己的心在追寻着北斗星的影子，追寻北斗星的七弦琴。

东海日出

晨四时四十分，步出船舱，行至左甲板上。这里可以看东方。船行于东海的公海领域内。无风。而大海好像一位奇伟的巨人，一位有大丈夫气概的男子在匀称地呼吸。此时，天穹间不见一片霞彩，东方海面上似乎堆积着浓重的乌云。乌云之附近似乎有一片朦胧的沙滩，一片浅黄的沙滩；而乌云似乎低垂于此沙滩之上。这使人以为大海此刻离可见的陆地很近。其实，这是错觉。我已有多次航海经历，每次船经东海、黄海时，都在曙前观察海天的变幻和等待日出。因此，我能做出判断，能够认定，那是最初的曙明，那是为远远的曙光最初渲染成朦胧的淡黄色的、海平线上的云堆，那不是沙滩。

今天，日出之前的东海的上空，久久看不见有彩霞出现。但是，用心观察的人，具有敏锐感觉的人，可以觉察得到整个暗蓝的天穹，正在微妙地发生变化；曙光正在一步步地逼近，天体的亮度正在一秒钟一秒钟地扩大起来。而这座天体的色彩

的变化，在今天的凌晨，似乎都集中在东方海平线上那一大片梦幻般的，邻近有一堆黑云的朦胧的沙滩上——呵，不，我已经说过了，那是一片被渲染成淡黄的、低垂于海上的黄云。这一大片沙滩似的黄云，表面看来，似乎也持久地没有什么变化。但是，那里实际上也在微妙地增强亮度。我细心观察，耐心地等待着，我发觉那里的色彩也在微妙地变化着；那色彩由淡黄，而麦黄，而柠檬黄，而橘红；有时，又突然暗淡下来，变成灰黑；随即又明亮起来，那里似乎有各种色彩差异的黄、红色的溶化，融合在一起，成为一种说不清楚的色彩涂抹，美丽得很。而原来的那一堆乌云，似乎也在微妙地加深浓度，使人担心东方有一堆墨乌的雨云，正在酝酿。

甲板上，已有很多旅客在等待日出。其中有人担心早上看不见日出了，说："恐怕太阳早已升上来，被那堆乌云遮住了。"

有人说："还没有升上海面。肯定要看到日出！"

六时许，甲板上的旅客欢呼起来。太阳从东方最清朗的海平面上——那里，海水碧绿，天色深蓝，没有一丝云絮——升起来了。起初，太阳好像一把弦形的火焰从海上举起来；随即成为半圆形的火炬，继续举起来；大约不消一分钟，整个太阳好像一团火升出海面。船行中，这团火在海平面不停地滚动，使我想起《封神榜》中哪吒太子所乘火轮在天穹与海水相接之处向前滚动……

我身旁站立一位海员。他禁不住告诉我，"我从航海以来，第一次如此明晰、清楚地看见太阳升上来。"

月落

10 月 27 日，农历十月初四，晚上六时十分，其时船行于黄海海域。我立于甲板上，看见西方天上有一枚上弦月，其弦之左有一星，料想系金星。

我忽地想起 1980 年 12 月间，一天，我曾于天微明时，在厦门鼓浪屿港仔后海湾上，看到下弦月西沉的情景。我在日记中写下当时的感受：

> 好像这是初次，我知道月亮有一种朴素的、平易的、温柔的品质……此刻，我看到月亮心情十分平静地向西边的海上沉落下去。此时，天清朗，海清朗，四宇普披清光，十分柔和。

我似乎有一个预感，今天，我将在黄海上看到一枚下弦月西沉的情景，我将再一次领受到月亮的某种心情之自然的表达。在我的眼中，上弦月和那颗星，此刻好像一把银铸的镰刀和一粒宝石，好像越来越显得明亮起来。而整个天体，它的透明的暗蓝色彩又好像越来越显得浓重起来，成为一种发亮的蓝天鹅绒，挂在天宇……

今晚，在船行间，我似乎亲眼看到时间的推动和天体的不可言喻的变化。我觉得自己心情严肃；似乎又觉得黄海的波浪也在唱一支严肃的歌，自心的深处。上弦月和那颗星，在我的

注视中，几乎是一秒钟一秒钟地，或用佛家的语言来说，是一刹那一刹那地从蓝天鹅绒般的天壁上向西推移，随即向海平面降落下去：先是那颗明亮的一星沉落下去，随着，下弦月也向海平面后面沉落下去。我看见它靠近海平面时，像一把弓形的红色的琴，随即又好像变幻成为一朵红色的火焰，从黝黑的海水间沉落下去了……

我回到船舱里去，想到今晚所见月落的情景会永久地留在我的记忆之中了。

海鸥

我不知道，从什么时候开始，轮船的后面有很多的海鸥在飞翔。轮船在黄海的公海海域内向南航行。船舷两侧激起的波涛、泡沫、浪花，犹如一束一束抛起的茉莉、白蔷薇，又犹如一堆一堆正在流动的沸腾不止的雪。特别是轮船后部，在推动器的桨叶的拨动下，海水形成两道流动和翻腾着的雪的巨大花边，一直拖延到远方。海鸥有时在空中飞翔，有时似乎便沿着船后两道雪的花边所展开的道路飞翔。有时，有一只或两只海鸥从它们掠过的海面，突然冲上来，有如一朵、两朵雪花，从浪的翻腾间飞起来了……

海鸥似乎一直在追寻海的广阔、蔚蓝和一望无垠，而它们自己又成为海的广阔、蔚蓝的衬托和点缀。没有海鸥，海似乎显得寂寞。

黄海日出

轮船在黄海的水域内一直向南行驶。我站在甲板上等待日出，这时才五时二十分，海天黝黯，天上有几颗朗星。我靠着船舷的栏杆，看东方的天穹。朦朦胧胧中，海天一片混沌间，我看见海和天相接处有一堆巨大的乌云，其状酷似平野上一座连绵的远山。

"那是山吗？"

我发现有一位旅客也凭栏东望。他细声向我问道。

"是云。"

我答。

和前几天轮船北上，我站在甲板上等待东海日出时所见到的一样，此刻黄海上空也无一朵云絮，是极为晴和的天气。船行间，只觉得整座天宇在专心致志地承受曙光的照耀，只见整座天宇渐渐地、难以觉察地，由暗蓝，转而化为铁青、碧绿，转而化为灰蓝。海也在微妙地变换色彩并逐渐地增加亮度。我的心中似乎出现某种诗情，暗自想道：曙光在海的呼唤中，正从海平面的远方阔步前来……

是的，东方天穹低垂下来的地方，天穹与海相接之处，界线显得清晰了，那里，虽然没有一片彩霞，但有无限宽阔的、淡紫色的光明放射出来。而我刚来到甲板上放眼东方时所见的那堆巨大的、如山的乌云，此时也在我不觉不知之间化为水墨色的、长形的云块。它，此刻好像中国古画中的一条泼墨的巨

龙，正持重地游行于东方的曙明中……

　　大约六时，太阳从东方一片无限光明的紫气中，从东方无限广阔的海平面中升起来了。船行间，我觉得今朝刚刚上升的太阳，犹如一盏红色的、不灭的宫灯悬挂在东方了，其上有一条水墨色的云的长龙在游行。这天，为 1984 年 10 月 28 日。

　　（收入《旅踪》）

灯和牡丹

洛阳灯会

我现在要记述的，是去年4月间在洛阳所见灯会的追忆。时间过去已将近一年了。其时所见、所感受中之最深切者，情景至今历历如在眼前。去年为夏历癸亥年。或者因此之故，灯会中有关猪的灯和猪八戒的灯，为数较多。这是可以理解的。六畜兴旺，为一种美好的祝贺之词。而猪乃六畜之首，人们在佳节中借用猪的灯，以表达一种对于生产发达的朴素情感，一种对于丰年的祈愿情感。在我国文学长廊所陈列的诸多文学形象中，我历来对于孙悟空和猪八戒深深地喜爱。这种喜爱之情早在我对于文学现象还处于蒙昧无知状态的童年就有了；或者又可以说，猪八戒、孙悟空在我国各地民间广为流传的文学形象，一如童谣等一样，在我的童年起了一种文学的启蒙作用。不论怎么说，我在洛阳灯会中所见的猪八戒灯，时而在我的心中唤起一种童稚之情，与童年若干往事的回忆混于一起，辽远而又甜蜜。我记得很清楚，在洛阳，有一次观灯会时（我在洛阳好几天），我几乎摈弃其他的花灯不看，专观猪八戒灯。我觉得一个又一个发亮的猪八戒形象，包括它们的姿态、衣着以及挂在胸前的念珠，各不相

同，各具风采。但似乎又各以不同方式表达了、体现了猪八戒性格中的一个基本点，憨态可掬，憨态可笑而又可爱。我要说，洛阳灯会中的猪八戒在灯影中所再现的文学形象，当时曾给我以某种艺术启迪，相信这将令我永久不能忘记。

洛阳的灯，大半是大型的、一整组的；大半是塑造人物形象的灯，并与古老的民间故事的情节相结合，从而成为一整组的灯。举例来说，我所见的洛阳灯会中，有表现唐僧往西天取经的场面的一组灯；这一组灯中，有骑白马的唐僧，有挑佛经的沙僧，有护卫的猪八戒和孙悟空，有他们途经的一座城墙。又举例来说，有一组表现《空城计》之剧情的灯，此组灯中，有一座城墙和坐在城楼上的诸葛亮，有二十个兵卒；灯中的诸葛亮，神态安详而机智，兵卒神态诙谐。此外，还有描绘例如白马寺等名胜古迹的灯。还有熊猫的灯、火箭和人造卫星的灯，现代气息和写实色彩比较浓重。除了这些以外，我记得还有一组这样的灯：穿着戏服（长袍大服）的包拯乘着轿子出巡，在开道的旗帜和锣上，书写"铲除不正之风"几个字。这似乎是把漫画笔法运用于花灯的艺术之中了。我以为这样做，是可以的。我旅居洛阳时的旅馆的不远之处，便是灯会集中布置各色花灯的场所。入夜，所有的灯都亮起来，出现一个动人的光明世界，使我和观灯的万众一起久久地流连于灯前，不忍离去。

1984 年 2 月 22 日上午，福州

牡丹

　　据称，有两百多个品种的牡丹，种植在洛阳的王城公园和牡丹公园的花圃里。去年牡丹盛开的花期，自 4 月 18 日至 26 日，我一共住在洛阳九天。牡丹公园离我们住的旅舍稍远，只去一次。王城公园先后去了三次，其中一次是将要离开洛阳前往开封的前一天夕暮，冒着北方黄土高原的雷阵雨而去的。我有一个想法，俗谓牡丹乃"花中之王"，这到底有什么必要呢？不过我以为，牡丹的确有一种它所特有的品质；一种很好的花的品质。大体说来，我觉得牡丹花开得富丽而又端庄，开得繁华而又落落大方，我还觉得牡丹花开得雍容华贵但又朴实，平易近人。在种植众多品种的牡丹花圃间，不论在王城公园或在牡丹公园，在我看来，最易认识和开得最是旺盛的是"洛阳红"。据称，这是一个古老的品种，这是自古以来（比如说，从隋唐以来），在寻常老百姓家都种植的一个品种，普通得很。"洛阳红"从外观看来，也并不出众，它像一朵一朵露出黄蕊的、紫红色的、发亮的普通菊花，但不知怎的，我很喜欢它。我竟在日记中写道："对于'洛阳红'，我觉得好像见到一位一见如故的，早就很亲切的友人。"

　　在我国古典诗词或散文作品中所传颂的牡丹名种，例如"魏紫""姚黄"等，去年 4 月在洛阳也都亲眼见到了。在记载洛阳牡丹花事的散文《洛阳牡丹》中，李格非称"魏紫"的花"面大如盘"，此语也许说得有些夸大，但在我的心目中，"魏

紫"的确十分辉煌。"姚黄"开的花，呈乳白色，又呈淡黄色，我在日记中写道："它有一颗素淡的、芳芬的心。"但不知我的此项"主观感受"是否恰当？在王城公园的一个花圃里，我好不容易看到一棵原牡丹正在开花，它的花只有五瓣，有如一株木槿在开放几朵淡黄色的花，它好像还保存着，或继承着一种它的祖先在高山野地生活时代的心情和野趣。

在洛阳牡丹花会期间，我见到有如此众多的人，从祖国各地，天南地北地来到洛阳看牡丹，心情很兴奋、很愉快。我是这样想的：对于花的爱好，对于美好事物的执着和追求，正在成为我国人民的心灵中的一种普遍的趣味和共同点；对于我国某些优秀文化传统的维护和喜爱的感情，正在成为人们普遍具有的一种感情。4月25日的夕暮，记得我刚从龙门石窟回来，为了去看晚开的"豆绿"，我冒着雷阵雨第三次到王城公园。花瓣间微显绿晕的牡丹，那"豆绿"有一种雅洁的美感，令我见到了，心中十分愉快。但那天还令我感动不已的是，我看到许多郊区的农民和陵县的少年儿童冒雨看牡丹的情景。

在洛阳的街上散步时，可以在街心花坛里看到牡丹和木芍药，还有月季。在洛阳，木芍药、月季的花都开得很好，使我想到，我国古都的泥土、中原的泥土对于美丽的花有一种崇高的情感。

1984 年 2 月 23 日下午，福州

泉州灯夜

自夏历辛酉年（1981年）至今岁甲子年，连续四年，我都在泉州度过元宵。传统的元宵节之夜，主题是点灯、赏灯。这元宵节之夜，在泉州似乎不仅仅指的是正月十五之夜。从十二三日起至十六七日止，都是灯的世界，只是正月十五夜（上元夜）最是热闹罢了。我想力求以简朴的、准确的语言，约略概括或表达一下我对于泉州的灯的感受和情意，但恐笔力有所不逮。或许由于我平日喜欢读童话，自己也断断续续地从事童话创作，我以为是否用"泉州的灯会像童话一般的美丽"，以这样一句话来表达自己的一个总的印象？我想，可以把自己的这个总印象，具体地但是扼要地记述一下。泉州灯会的地点，在南国古刹开元寺。数百盏各色各样的灯，悬挂于开元寺的两庑间，大雄宝殿和戒露坛的前后回廊间。我以为要仔细地观赏，要一盏一盏认真地看过去，所以这四年在泉州过元宵节（每年都待了四五天），清晨和夜晚都往开元寺观灯。我发现在众多的花灯中，有不少描绘自然界动物生活，或表达对于动物之真挚情感的灯。例如，松鼠的灯，丹顶鹤和喜鹊的灯，黄鹂和画眉鸟的灯以及鲤鱼灯、鸡灯、大海中墨鱼的灯。我觉得那松鼠仿佛在青苍的松枝间跳来跳去，那鲤鱼仿佛在鲜绿的水草间游来游去，那喜鹊在开着疏梅的叶间飞来飞去……这些美丽的灯，和其他美丽的花灯，入夜，一起亮起来所构成的一个世界，的确使我联想到现实世界中有一个可以接触的童话世界，一个我

们正在生活其间的童话世界。

　　就文献可征者而言，元宵夜点灯的习俗始于隋，而盛于唐、宋。这个习俗流传全国。我有一个想法，在具有如此古老而灿烂的民族文化传统的、幅员辽阔的吾国吾土，花灯的艺术在全国各个时期，在不同的地区有可能发展、形成具有不同特色的艺术，乃至不同流派的艺术。我还有一个想法，一如风筝的制作，民间的花灯制作，亦必然出现高手乃至大师。去年4月间，有机会到洛阳开封看到中原的花灯。我在《洛阳灯会》中提及，洛阳的花灯（包括开封）有个特点，它往往是大型的，与民间故事、传说相结合的一整组的灯，风格比较豪放。在泉州，在这个南国的古文化名城的泉州，花灯的制作极为精致，我以为每盏灯都是一首意境深沉的诗，风格似属婉约的一派；而对此，我主要指泉州灯会中的各色宫灯而言。那些宫灯不仅形态不一，别出心裁，匠心独运，而且看得出，其布局甚是考究、严谨。这可否说是文化传统悠久、深厚的一种反映？于此，我禁不住以一种沉痛的心情怀念起老友李尧宝先生来！他不幸于去年病故，终年九十一岁。扬州有位著名剪纸艺人张永寿，前年我到扬州，虽未能会面，但在坊间购得一套他的剪纸作品，的确很是动人。亡友李尧宝也是著名的民间剪纸艺人。他没有文化，但有一种颇为惊人的对于艺术形象的记忆力。例如，对于龙的形象，对于浪和云以及各种花卉的形象和图案，各能在心中记下数十乃至数百种。"文革"中，李老数百件剪纸精品毁于浩劫之中。而打倒"四人帮"之后，他居然能以八十余岁的高龄，把旧作中包括早年所作的大部分一一回忆，重新创作。而李老又把泉州的民间剪纸艺术移入宫灯的制作之中，使他的宫灯作品亦能独树一格。今年，我于夏历正月十二日便到泉州来，当晚便至开元寺观灯，竟然看到李老的一盏宫灯遗作，悬挂于大雄宝殿前走廊的石柱之间，和其他众多的花灯一起，灿烂地发光，表达一种万众对于光明世界的向往心情，一种普天同庆的欢乐心情。这使我深深地感到高兴和激动。

南方，入春多雨。今年元宵节前后，天晴。十四晚我又到开元寺观灯，只见皓月在寺前的古榕树梢静静地发亮，与人间的灯火相辉映，情景又另有一番动人处。

1984 年 2 月 23 日，福州

听南音

照实地说，我不懂音乐，但有时喜欢听音乐。对于流行闽南民间，特别是泉州、惠安、厦门一带的南音，当然也不懂。但不论怎么说，我也喜欢听南音。那些古代乐器，例如琵琶、洞箫、二弦、三弦以及唢呐、横笛、响盏、扁鼓、云锣等，吹奏打击起来，实在令人喜爱。据云这些古乐器和古音乐南音，是汉魏时代的乐器和音乐，最古老的民族乐器和音乐。五代中原大乱，民族南迁，音乐和中原语言乃逐渐随之南移，流传到闽南，直到如今。这几年元宵前后的日子，我都在泉州度过。坐在传统节日的灯影和花香之间，听用古代乐器演奏出来的民族音乐《八骏马》《梅花操》《百鸟归巢》等，即使对于音乐毫无修养的人，心，也会被一种看不见的力量摇撼。我，真是感动了。屠格涅夫的散

文诗《俄罗斯语言》，以美丽的诗的语言，赞美他的祖国的语言，"啊，伟大的、有力的、真实的、自由的俄罗斯语言啊，要是没有你，那么，谁能看见我们故乡目前的情况，而不悲痛绝望呢？然而这样的一种语言，不是产生在一个伟大的民族中间，这事情绝不能叫人相信。"啊，在这欢乐的传统节日里，以我国最古老的音乐语言表达处于民族灵魂深处的最早的精英的南音啊，表达我中华民族的希望和前程的南音啊，我要说，这样的音乐及其所表达的思想，如果不是产生在一个伟大的民族中间，绝不能叫人相信。

1984 年 2 月 24 日，福州

甲子年元宵日记
——在枫亭看灯

今天是甲子年元宵。上午，八时许离泉州，约十时许车抵仙游县城。参观了该县文化馆举办的李耕等画家的书画展览以及该县出土文物的展览。下午，四时许离县城至本县的滨海村镇枫亭。枫亭为宋代著名书法家蔡襄故里。

记得在幼年时，便听说过枫亭灯会之盛。稍长，乡人常谈莆（田）、仙（游）故老遗事，曾听说过，枫亭灯会之盛，与蔡襄有关，与蔡京亦有关（需要记下一笔：蔡京，亦仙游枫亭人。去年，我在桂林游龙隐岩时，曾看到他所书的《元祐党籍》的摩崖石刻，诬司马光、苏轼、黄庭坚等为"奸党"。对此，心窃耻之）。他们把汴京（今开封）宫廷的花灯盛事带到仙游枫亭一带民间中来，故保有古代中原元宵灯事的某种遗风。对此，我不敢深信。此次，我在枫亭看灯，只觉得民间的、乡土的气息十分浓重。与各地不一样，枫亭灯会不是悬灯，乃是游灯。我想，有必要将所见约略记于日记。游灯队伍的开导者，为"乡铳"队，这"乡铳"，一发三响，枪声威严。随后，为旗队，上书"国泰民安""年丰物阜""五谷丰登""六畜兴旺"等的方形纸灯的灯队；为锣鼓队、为十番八音的乐队，看了这些队伍及其乡土的、民间的音乐的边唱边奏和锣鼓的喧鸣，一下便把我带入一个五彩缤纷的、乡情浓郁的，充满着希冀、祈愿和赞颂的传统节日的独特氛围和境界中去。随后，队伍中出现了当地民间称为"蜈蚣灯"的古老的灯队，出现当地民间称为"凉伞灯"的另一种古老的灯队。我实在又需要费点笔墨把此两种灯记述一下："蜈蚣灯"有如一条龙，"龙身"上从首至尾分十二行挂灯，每行挂六至八盏玻璃灯，点以白蜡烛，由四个壮者抬行。"凉伞灯"则以松木扎成伞状木架，结彩，悬数十盏玻璃灯，点以白蜡烛，由一壮者抬行。啊，我虽无法生动地把这些独特的灯描绘出来，但我感到，它们多么富于独创性，多么别出心裁，多么壮丽和富于民间文化娱乐的趣味。这熠熠发亮的古老的灯队，令我赞叹不止。随后，更加使我设想不到的，是当地民间称为"萝卜灯"的古老的灯队：把地里挖出来不久的大萝卜，刻成菊花、向日葵、牡丹、梅花以及喜鹊、凤凰等，装饰在以榕树的枝叶扎成的花圈上，然后点以白蜡烛，或在动物油上点以灯芯，由壮者抬行，参加游行队伍！随后，还有打扮民间故事、地方戏曲中的人物的化装队伍，充满民间的诙谐和喜剧趣味。最后有高

跷队、舞狮和舞龙，都有很浓的地方色彩。

枫亭镇人口不及一万，但今晚包括四乡及县城前来观灯者，人数当在两万以上。需要记以备忘的是，今晚的游灯队伍，不过是该镇一个叫作兰友大队所组织的节目（全镇四个大队，分别在四个晚间组织节目游灯），这个大队的人口不及千人。十一时许，枫亭镇还是灯火通明，弦歌不绝，但我因需要当晚返回泉州，乃于万众歌舞声中车离是镇。

1984 年 2 月 24 日整理，福州

（收入《旅踪》）

湄洲湾二题

湄洲天后宫

过文甲海峡，舟行不消半小时，即到湄洲岛。天后宫在岛西北部海岸的一座山岩上。从山坡缓缓登上去，沿途可以看到岩石、草地上开放着海边特有的鲜花；可以隐约闻见海声，望见海影。我忽然想到，以如此的环境供奉一位女海神，是适宜的。天后宫旧时的规模，我在一些画片以及资料上看过。它依着山势，一座一座地建筑正殿、寝宫以及钟鼓楼，形成一组古建筑群，可以设想它的金碧辉煌，它的壮丽和威严，可以设想它的气势。此次上山，一路上尚能看到这组古建筑群的遗迹。从依稀可见的神殿的墙基、柱础以及砖埕、石庭等也可想见当年它的规模是相当可观的。

据史载，天后原名林默（960—987年）。五代闽时，都巡检林愿的第六女。湄洲岛上人。她十六岁时，曾在大风浪中营救其父脱险，并寻得其兄遇难的尸体。她受人尊崇。宋雍熙四年（987年），她逝世后，人们在此建庙奉祀她。她被视为海的守护神。最早的庙原来只有数椽。宋以后，经过历代帝王的屡加诰封，其尊号至清已称为天后、天上圣母。其庙宇的布局，可与帝王宫殿相比。去年夏间，我到旅顺、大连、青岛、烟台、蓬莱等沿海城市居住、游览。我看到烟台市的天后宫规模很大，雕梁画栋以及石刻，具有闽南建筑风格。蓬莱的天后宫，与蓬莱阁的其他建筑，包括其水城的建筑，形成一组古建筑群。我去拜访过蓬莱的天后宫，宫前一棵古石榴，至今给我留下很深的印象。据云，在东南亚，在南、北美洲，凡港埠、海口所在之处，大半建有天后宫。我以为，尽管历代帝王给林默蒙上多少迷信的、封建的色彩，但她是一位与海搏斗的古代女子，她被人民尊敬，她被推崇为一位海的守护神，她的影响遍及世界，是理所当然的。

湄洲岛上的天后宫，被称为祖庙。我来时，看到它的正殿已经照原样修改了。殿前石庭的栏杆上，旗幡飞扬；石庭的香炉中，香烟缭绕。殿内的香案上供若干尊小型的妈祖（天后）塑像，听说是台湾渔民来祀祖庙时，托庙主供奉的。过一年之后，他们要将寄居这里的妈祖（天后）像护驾到台湾供奉。湄洲天后宫正殿之后，有海景岩石之胜。山上岩石错落，如笋如砚。登观澜石，眺望海水，亦黛亦蓝，其间岛屿、礁石散布，据云若狮、若虎、若桃，若清晨圃中的蔬菜，若梳妆台。我是8月25日下午六时左右离开湄洲岛的。渡文甲口时，在海上看日衔西边岛屿，那将落未落的情景，是难忘和动人的。

秀屿

据史料，秀屿在宋代（宋景炎元年，1276年）就建造一条石桥，与醴泉半岛联系起来。明代（洪武年间），屿上已建筑了城堡，并设立巡检司。宋、明时，屿上的狮头山，已有园林、庙宇、亭榭。原来这个孤悬于湄洲湾内澳海域的岛屿，在古代已经是个比较繁荣的港埠，有许多古代船舶停靠在岸边，装卸货品，或是避风。我还设想，在古代的城堡上，时有武装自卫的渔民在巡逻。据史载，明代嘉靖年间，时有倭寇骚扰我沿海地带，秀屿上的城堡，曾多次由人民出资扩建和加固。今年我来到秀屿时，这里已由一道围垦海堤和醴泉半岛联系起来。那座宋代石桥已经看不见了。当然，明代的城墙也看不见了。但是这些已经消失的古迹，却在我的心中，形成了它的人民有着坚强意志和创造力的印象。

秀屿是湄洲湾内澳海域地带的一个深水良港。据莆田县湄洲湾开发指挥部和有关部门的初步规划和勘测，以秀屿为中心的深水港长三千五百余米，宽一千米，可以建立十五座两万至十万吨级的码头泊位。这将是一个多么了不起的港埠啊。我现在已在这里看到一座食盐专用的码头泊位：两只巨大的趸船和两道巨大的钢铁引桥站立在岸边的海水中。巨大的装卸机的钢臂在码头的上空升降移动。我国的食盐已经从这里的码头运往中国香港、菲律宾等国家和地区。我看到这里的海滩上，停泊着三只巨大的远航船，这昨天的远航的客轮和货轮，有来自希腊者，有来自比利时者，它们长年累月在海洋的风和浪中航行，现在已经陈旧了，我国把它们买来。这与停船的海滩相连的海岸，实际上是一个工厂，工人正在对它们进行现代的拆船工艺。切割钢板的氧气的蓝色火光，像一串一串夏夜的星星在迸发，

运载被拆下的钢板的汽车在工地上呼隆隆地开行。这海岸上，即将兴建轧钢、炼钢、修船以及造氧的现代工业。秀屿充满着现代工业和港湾建设的令人振奋的景观，充满着希望和现代的生命力。

秀屿的对岸为惠安县北部的肖厝，亦为一个深水良港。据云，从肖厝望秀屿的山峦，有如一只昂首的雄狮蹲于山巅，因呼其名为狮头山。山上有一庙，有岩错列。其中有一巨岩开裂为二，曰一线天，但其旁之石上，镌"飞龙洞"三字，不知何所据而云然。岩石上题镌甚多，且有人物刻像。可惜大半被风雨所冲洗，被海滨岩石上所特有的、灰白色的苔藓所掩盖，漫漶不可辨认。有一块朝着大海的巨岩，崖上刻着人物的浮雕像。但崖上尽是地衣、苔藓，故用了许久时间，才慢慢分辨出来，其上浮雕的是一尊吕洞宾的造像。鉴于山上原有明人所建的亭榭，又崖壁上的题镌、浮雕亦出明人之手，另据山上神庙供奉的玉皇大帝和南北老翁圣君，我以为，至迟在明季，文化及道教信士已上此岛。

（收入《旅踪》）

武夷山六章

大王峰和武夷宫

在我的眼中，大王峰远眺形如一顶巨大的皇冠，近视好似一座古代的城堡。它屹立于九曲溪的溪口，俯视着一带深碧。这座岩峰，四侧壁立，无登攀之径可循。岩峰南面，裂开一条石罅，现在假道于此石罅，筑梯以上绝顶。但年老者往往以力不能胜而却步，未能登此危峰。我自己来武夷两次，都只在岩麓前后徘徊，在周遭眺望一缕缕白云飞过绝顶上的古木，心向往之，而未能身临胜境。大王峰之对岸为二曲的玉女峰，中隔铁板嶂。民间故事描绘了大王峰和玉女峰的悱恻动人的爱情故事。故事往往为群众的集体之作；我的意思是，先有一人说出故事大体情节，流传数百年之间，各地又先后有人补充增益（以及乱加篡改），故所传民间故事、传说，往往有几种大同小异的情节。但不管如何，对故事中的人物的褒贬扬抑，往往是一致的。大王峰的精灵和玉女峰的精灵，隔溪日夕相望，由相互倾慕而产生爱情。但中间隔着铁板嶂，它的精灵在故事中成为离间大王峰和玉女峰的爱情的丑恶力量，以致大王峰和玉女峰虽只有一溪之隔，却只能日夕相望而无法相处。铁板嶂因此

成为人们诅咒的对象。在自然界中，铁板嶂斜倚于大王峰之西麓，岩影竹影松影投落溪间，颇秀美。闻其岩之上有流泉，涓涓流入仙桃涧，颇具出尘脱俗的意味。或以它居于大王峰和玉女峰之间，便据此以为它的精灵之心是丑陋的，我颇不以为然。

武夷宫亦在大王峰之麓，临九曲溪之深碧。有古松柏若干株，立于宫外。宫之体制，不若衡山、嵩山岳庙之壮丽，但重檐红墙，与青山绿水相衬，另有其味。这座古武夷宫，奉武夷君，闻汉武帝曾遣使以干鱼祭祀这位山神。宫内古来曾派员主宫务。看来，这是很重视的了。但闻为"闲职"，为一种闲散的"卑职"。据查，陆游曾在此宫供职过。我到过闽东宁德县，得知陆游也在这个小县任过主簿。用非其才，才未得所。我不觉为陆游悲。

小桃源小游

1974年秋冬之交，我和刘君两人沿着九曲溪的溪畔漫行，观赏武夷山水时，曾顺道游了小桃源。小桃源位于九曲溪六曲之北岸。在苍屏峰与北廊岩之间，有一条小小的山涧，沿涧有一条石径可行。我记得从此石径拟进入小桃源时，眼前先出现一座由两块天然的岩石构成的石门。后人利用此两块岩石，又垒石，筑成一座有如古城门的石门。我似乎还有一个感觉，以为过此石门，有如走过一座古代的寨门。此其实为小桃源的谷口。我去过湖南武陵的桃源洞，此洞眼下只有一条小涧，无天然的石洞。而小桃源呢，进了石门，也无洞，眼前出现的是一座四面山岩罗列的小山谷。便是这一片山谷，后人又把它视为现实生活中的一片仙境。

一如进入武陵的桃源洞，一入山门便有桃林，进入武夷的小桃源，在山谷中也见到一些桃树（但我到时，两地桃树俱未开花，因非春天）。武陵的桃源洞，有许多亭台楼阁，有许多历代文人的楹联。而小桃源看来全凭其天然的野趣取胜。我以为如此甚佳。我和刘君在此山谷中的小径间漫行，耳中有泉水声、禽鸟声、谷中的风声，眼中有树影、山影、云影。人在山谷中，一时确有忘情一切之感。当时尚在"四人帮"横行之时，游人甚少，其地太幽，认为不可久留，乃匆匆出了石门。此次来武夷，未去小桃源。临行前夕，有同志邀我同游天游岩和小桃源，因有小恙，婉谢。但十年前小桃源之小游，时在念中。

鹰嘴岩和燕子峰

武夷有若干名岩、名峰以及石头，其状如禽，如兽。例如九曲溪中有石如水龟，有石如象，做饮水状。而在山峡、山谷之间，亦有岩如鹰，如燕。这些石头以及峰岩，都使我感到有一种诗的想象力和童话般的意趣。我想谈谈个人对于鹰嘴岩和燕子峰的印象。第一次看到鹰嘴岩在 1974 年秋冬之间，其时我和刘君两人从水帘洞出，步行不几步，还没有行毕下山的石磴，已见一峰如昂首的巨鹰立于丛绿间。记得离开水帘洞，从石磴下岭后，我们便在山峡的乔松丛竹间漫行，准备前往流泉涧。这时，我记得不论从哪个方向眺望鹰嘴岩，只觉得它一直仰首

向着长空，只觉得它的渴望、它的信念从未变动过，只觉得它屹立于山峡之间岿然不动。山间秋早，记得当年鹰嘴岩的石隙间有些野树已经变黄、变红，若鹰之羽毛斑驳而灿烂，益增其诗趣与童话般的魅力。今年6月间，我从水帘洞下岭，第二次见到鹰嘴岩。可能是一种幻觉，除了觉得它仍旧在我的眺望间昂首向着长空外，它的岩壁渐渐地在我的眼中成为双翼，这双翼很丰满，似乎正在振翅欲飞。是的，这可能是一种幻觉，但似乎又是我对它的一种愿望，我似乎期望一切在我看来是美好的东西，都能够飞翔起来。有几缕白云或雾，轻轻地从它的昂然举起的头部之间移过，而这，使我真切地感受到，鹰嘴岩是屹立于山峡间的一座最高的山岩。

燕子峰是今年6月间第一次见到，或者说第一次认识的。漫行间，有同行者指着远处一座高峰，对我说："那就是燕子峰，也叫北斗峰。"

原来在竹影、岩影以及苍绿的丛莽之影间，有一岩，它的山峰一座挨着一座，共有七座峰。我以为，如以有"七"座峰相连在一起，即以北斗名，未免附会，但其中有两座峰在我的眼中越看越像是两只燕子在比翼高飞。可能也是一种幻觉，这两只燕子在唇边似乎衔着造巢的春泥——那是崖树？在我的幻觉中，慢慢化成燕子口衔的春泥。我觉得，那一对燕子，仿佛在山间呢喃而语，在商量建筑的设想，在呼唤永驻的春天。

水帘洞和一线天

1974年秋冬之交，我曾游过水帘洞和一线天。本年6月间，我第二次来到这两个武夷胜地。这是已隔十年之后了。而水帘洞和一线天给我的印象，两次之间，仿佛并无二致。我对水帘洞的主要印象有二。一是它的瀑布似乎不像瀑布，它化为小雨点，像稀疏的雪片一般从高岩上飞舞下来。二是它似乎不像是一个洞；或者说，我以为它是世上一座最敞亮的、光明的石洞。我是从这两点来说，两次来所得的印象是一致的。总的说来，我觉得它是一座罕见的，有奇特的瀑布和把自己完全展现出来的、全洞光明的石洞。

我走了一条石径，到了一座山中的高坡上。这里有种着山芋的田地，有村屋。立此高坡上，已可远远望见高岩上成为小雪片飞舞下来的，似隐似现的瀑布。这次来，恰好阳光明亮，瀑布的雪片各自折射出五彩缤纷的颜色，若放焰火然。高坡之右前方，有一池沼。池沼中的水，是冒出的地下泉潴积其间的吗？是瀑布的雪片似的小雨点亘古不变地降落其间而潴积起来的吗？池沼之畔，有绿竹。水帘洞瀑布的水珠纷纷降落于绿竹间，那里的竹丛料想始终是湿漉漉的、苍翠的。我有意伫立高坡上，仰首眺望水帘洞。我以为从远处看，更能领略其全貌，体察其雄伟。水帘洞看来似乎很浅，它好似一座凹进的山崖。我稍为想了一下，以为其所以给我以很浅之感者，或因其洞壁之高所致；洞壁高，相比之下洞深（洞的深度）就显得不明显

了。水帘洞的洞壁最险、最高处达十几丈，水点就从上面的岩石间飞舞下来，成为一道分散的，成为无数雪片的、若隐若现若即若离的瀑布，这实在令人叹为观止。

我在高坡上停步休憩又观赏良久。随即经过一道田埂又登一道石级，即至洞口。水帘洞和我曾经到过的岩洞全然不同。一般的洞，一入洞口，一种是，其内石笋、钟乳罗列，如进魔宫，一种是，纯由岩石架搭、构成，其内黑不可测。水帘洞则不然。它为岩洞，根本不是喀斯特地貌，故无石笋钟乳，但敞亮、高朗极了。洞内有一古庙，深三间、广三间，坐在庙前，简直不觉得置身洞内。由水帘洞西行，石径整然，古木苍然，旁有一洞。我原来听人家说过，这里也有一座石洞，遇大雨时，洞水自洞中冲过，声若奔雷。但是，尽管我十分小心地寻找，也没有看到这座石洞。

一线天在九曲溪溪南之灵岩。这个山岩处于一座草木没胫的山谷之间。这灵岩的崖麓，有三个可以由石罅互通的石洞；洞皆有名，曰灵洞，曰风洞，曰伏羲洞。这三个洞都由巨石构成。此次来，先从灵洞入口。这灵洞和它的石罅，就如一条通道一般，走不几步，即进入风洞。斯时，我始悉有风自灵洞的石罅间吹来，全身生凉。风洞内有摩崖石刻，饶古趣。洞内有石级可登。立石级上，始悉一座巨大的石岩——灵岩，自顶至踵，在此洞内裂开，出现一个石罅，出现两边一对立的、高达数十丈的石壁。从石壁间仰视苍穹，只见天光一线，是为一线天。有白色的蝙蝠如白色的海鸥在迎此一线天的光明，上下飞翔（从科学研究观点视之，此白蝙蝠至为珍贵，因为它是一种世上少有的珍稀动物）。从伏羲洞内，亦可观一线天，但匆匆走过，没有认真地再眺望一番。

1984 年 9 月 25 日，整理

忆流香涧和九龙窝

此次来武夷，未到流香涧和九龙窝。九龙窝为元代御茶园，外人知者甚少。流香涧为山中一小涧罢了。我一直怀念着这两个地方。

记得 1974 年秋冬间，我和刘君从水帘洞出，过鹰嘴，并观看天车架，即在山中的荒径间漫行。说是荒径，这是我的真切感受和印象。当时还在"四人帮"横行之时，他们的极"左"路线，不免使一座名山胜地显得荒芜，使得游人甚少。山路两旁，蔓草丛生，几乎没胫，颇难行。这里顺便稍为记述一下天车架。它也算是"古迹"。这天车架，是一座一座屋宇的空木架，它们完整地架搭于壁立的悬崖上。据云，太平天国期间，崇武一带的地主富豪，慑于农民起义军的威力，相率逃亡至武夷山，在悬崖上构屋，以为如此可以苟延生命，可以逃避人民的惩罚。这悬架于峭壁之上的木屋，如今虽然只剩屋宇的木架，但也成为太平威力的历史见证。此外，以山高气爽，木架没有朽腐，亦成为观者议论的"奇迹"。至于何以称之为天车架，我未加查考。

流香涧离天车架不甚远。这是一条流于山谷中，四面山岩奇石罗列的山涧。涧边有古木，有山兰，有石蒲，保持一种中

国画中的野趣。流香涧最动人的一段溪道，亦称清凉峡。近清凉峡，岩石真多，石上生着苍苔和回生草（俗名亦称还魂草；此种草，看似枯死了，浸在水中又复活了）。这清凉峡在涧的北段，巨大的岩石在山涧的两岸，构成一条长长的石巷，其上只留一线天光，停午时分，日影方能投射下来。我和同行的刘君，过此峡时，均脱鞋从涧中的石头间渡过涧水。斯时，涧声潺潺，涧风拂拂；时虽届冬令，时有涧花之香。我想，其所以名曰流香涧，或因过涧时，有花香扑鼻。峡中的岩石上，有摩崖石刻，未查考为何代物，但于此可见古人亦以此地为佳处。记得我和刘君，在峡内石上静坐良久，始离去。

我本来不想去御茶园。有一"御"字，似乎就显得与人远离，不可接近。但因为御茶园就在流香涧之东，加上其地名曰九龙窝，似乎也有某种吸引力，乃往。我记得在山中走了许多野径，上了两道岭，始抵达一座山谷，这便是九龙窝了。谷中雾气飘忽。有的雾气，如一朵云挂在松梢。有的雾气，为谷风所吹，在崖腰间横飞。这山谷四面苍翠，记得大都是一些松树。山谷有一片平地，被辟为茶园。在茶园间，我似乎隐约看见"文化大革命"无孔不入的某种破坏力。这些茶园，虽然种上茶树，但显得未经精心经营管理，芜草丛生。这里是元代的御茶园吗？到此处，我几乎没有发生一丁点儿的思古的幽情，只觉得自己生活于极为严峻的某种现实生活之中。山岩上有木屋。听说里面住着若干位民兵，还有一位和尚。这位和尚听说懂得一些种茶技术。他的法衣已经脱下了，认不出木屋中人哪位曾经出过家。他们是在这里看守"大红袍"的。木屋之东边，山之半腰处，有三棵茶树，孤零零地站立在那里，它们便是名为"大红袍"的三棵古茶树。

记得那天离开九龙窝时，日已近午。

1984 年 9 月 25 日，整理

紫阳书院旧址

紫阳书院为宋儒朱熹所创办。在隐屏峰下，九曲溪第五曲的左岸。五曲似为武夷山若干名岩和胜地荟萃所在，古平林渡似亦在附近溪畔。1974 年秋冬之交，我第一次沿山中诸山径游武夷山时，平林渡似尚在。当时的印象是，从平林渡过一道乱石纵横散布其间的小涧后，登一坡即为紫阳书院。当时它还没有完全被破坏。给我印象最深的是，书院外面靠近屋脊的灰墙上画着一幅太极图，院内尚有朱熹手书的木刻楹联以及神龛等。记得我曾站在院前的石阶上，观赏周遭风景如画，觉得此书院筑于名山，远离市尘，适宜于传经授道。

小时在私塾就读，塾师曾授我以朱熹的《四书集注》《诗经集注》。对于朱熹的客观唯心主义哲学思想，小时不可能有什么感受。对于他的某些旧伦理旧道德思想，耳濡目染，可能从小不知不觉被灌输到心中去。但我当时从《千家诗》中读到朱熹的诗，不知怎的，似乎便觉得他有真挚的情感，认为他对于春天、花以及河流，对于美丽的东西，是多么的眷恋，多么的热爱。他似乎有一颗善良的、随时都令人觉得真挚的心。我想，我所以从小对朱熹有如此印象，或说某种好感，这大概和他的

诗有关，和塾师在授课中朗读他的诗时总是那么充满深情、对于我有所感染有关。不知怎的，在武夷山中，我几次听到人家告诉我，朱熹在紫阳书院清苦讲学期间，有过一段悲剧性的爱情故事，使我难受不已。这是近于《阅微草堂笔记》以及《聊斋志异》中所描绘的爱情故事。有关朱熹的爱情故事，是以民间传说的形式表达出来的。有丽娘者，据云是狐狸精。她以村中勤学的、智慧的女子的面貌出现，向朱熹问学；以村中女子表达爱情的方式向朱熹表达了爱情。对于这个传说，我在武夷山时考虑再三，认为朱熹以真诚的爱情报答了这位女子是完全可能的；他探究理学，但他是一个人，一个诗人，他除了讲学明礼外，有他独处时的日常生活。但当朱熹和这位女子定情时，她怎会遭雷击呢？据云，武夷山有狐狸洞，又有朱熹埋葬丽娘的所谓狐狸坟，我都不忍去凭吊。我当然相信丽娘对朱熹的爱情是真诚的，专注的。

此次来，我的住室就在紫阳书院旧址附近。虽然只剩下一些残墙断壁，但却是一位古人清苦研究学问和讲学的地方，这里还有一个歌颂古代男女之间爱情的民间传说。我经过这座书院的旧址时，总要停留片刻。听说，这座书院将重建起来。

（收入《旅踪》）

龙门随笔

宾阳中洞

宾阳中洞的西山的北部，为龙门最早营造的一个石窟。走进这个石窟，走进五世纪便在这里营造的石窟，只见地面上有岩石刻成的莲花图案，一如石地毯。窟顶的藻井，有一座莲花的巨大宝盖；那石刻的飞天，飞动石刻的飘带，在莲花四面当风飞翔；它们仿佛在虚空中奏乐，我仿佛听见有古代的琵琶和洞箫之声一时俱作，来到耳际。

我看见洞中的东壁上，有表达有关萨埵那太子舍身饲虎的故事的浮雕。这个故事并不怎么令我相信。但我喜欢作为这个故事中人物的背景的，那用洞中的岩石浮雕而成的树木、岩石和水。这个浮雕颇见高超，我仿佛可以听见树中的风声以及流水声，我在这浮雕前站立许久。有人告诉我，这些浮雕的山林之美，颇具东晋画家顾恺之的画意。

古阳洞

古阳洞营造于五世纪末叶，在西山南部。由于这个石窟内

有许多魏碑，因此，我感到这里有一种特殊的、古代的艺术气氛。北魏由大同迁都洛阳后，那些支持孝文帝迁都的王室贵族，争相在这里开龛造像，故规模宏伟、壮丽。那些碑记主要记述他们为了祈福、广种功德而镂石造佛。但随着历史的推移，这些碑记记述的内容渐为后人所淡忘，那些碑记上的古代书法却益发鲜明地在这个佛地间发出艺术光辉。我在这碑记前来回反复观赏多遍，几乎不忍离去。我有一个感觉，在这里，我国的书法艺术，和我国最精湛的古代雕刻艺术居于一处，并不逊色，并且显得如此和谐。我以自己有这种感觉，深为高兴。

我不大注意这个石窟中的佛像雕刻。在这石窟中，除了主像以外，其他如比丘慧成造像龛、辅国将军杨大眼以及北海王元祥的造像龛，其中佛像的造型都是比较有名的。不知怎的，我却不想多眷顾。我注意到此洞北壁列龛第二层一个像龛上方的飞天像。这些当空飞舞的众飞天，在我的眼中，仿佛准备穿过石刻的行云向更远的空中飞去。我还注意到，那些龛楣上也有许多石刻的飞天。我仿佛也觉得它们将穿过行云向更远的空中飞去。这大概是我的一种幻觉、幻想；我心中仿佛也的确有个想法，凡能飞翔者，均应向更远的地方飞翔。

奉先寺

它给我最初的感觉或印象是，明亮、高朗、宽敞和落落大方。我以为奉先寺大卢舍那像龛，在龙门诸石窟中，确属最雄伟者。此窟在西山中部。那天，我是先从北部，大抵依次观赏潜溪寺、宾阳洞诸名窟以及沿途浏览崖壁上千百座小龛和塔等，然后到奉先寺的。这就自然而然地，在感觉上有个比较，首先是，奉先寺窟壁上没有拥挤地雕刻许多石龛（只有很少的几龛），因而除了它显得明亮等最初感觉或印象外，尚有一个感觉：它独立自若，具特有气概。大家知道，这座巨大的石窟是武则天倡议营造的。史称，这位女皇捐资胭脂费两万贯以建此窟（寺）。我想，所耗费国家的财币远远不止此区区两万贯。但是，不管怎么说，它作为人民的智慧而保存下来了，作为我国的珍宝以及可以说作为人类共同所有的艺术精品而著称于世了。

主像大卢舍那佛的石像高达十七余米。在我看来，它在雄壮中的确有某种女性的妩媚的美。它作庄严相，而唇边仿佛有一朵嘲弄般的微笑的花。二弟子、二菩萨、天王和力士诸像，俱魁梧、高大；它们仿佛都遵从主像的主旨，循规蹈矩地站立在那里，守卫着法天。在所有的石窟中，这里的主像仿佛享有无限的尊严。我在庭中来回漫行，观赏着主像、胁侍的诸弟子、护法的诸天王的石像，有一个感觉，以为在我所见的艺术品（当然十分有限）中，在雕刻艺术作品中，以如此的规模和布局，表达某个观念，如寓宣传佛法的尊严中，尊崇女性的尊严的观点，似乎尚罕见。

万佛洞

这个石窟中，有一万五千尊佛。这是一个有众多的佛的岩中佛国。我从伊水之畔登上悬崖，首先看见有一位力士守在南

侧，又有一观音菩萨手持净瓶立于北侧。入窟，只见南、北二石壁上，密密麻麻地，俱是石镌的小佛像，行行列列，它们排列得很整齐。何以有如此众多的佛呢？我想了一下，也有道理。盖佛度众生；盖放下屠刀，立地成佛，故成佛亦难亦不难。在这个洞中的佛国里，似欲通报一个真谛，众生俱可成佛。

这万佛所居的佛国中，仿佛升起唐代音乐的鸣奏声，升起唐代舞女起舞时衣裙和飘带的随风飘动声。我看到雕着万佛的石壁的壁基上，有舞伎和乐伎的雕像。她们在翩翩起舞。她们在弹着筝、琵琶和箜篌。在这万佛所居的佛国中，主像为阿弥陀佛，它结跏趺坐于雕刻着莲花的须弥座上；胁侍二弟子、二菩萨俱立于莲花之上。阿弥陀佛的背上，又有几十朵石雕的莲花，每一朵莲花之上都坐一供养菩萨。在这个佛国中，世俗的花和音乐被尊崇，为我入窟之前所始料不及的。

珍珠泉

在龙门西山北部，近潜溪寺之岩间，有珍珠泉之胜。这是一座古池，池有栏。池中有水草，有沙，俱明亮、洁净。泉水若一串一串的泡沫，自池中的沙间升上来。这里，不知怎的，使我想起池下有一个明净的、清凉的天地，泉水自地下的石间流过，又升上来。这当然是一种幻想。

我坐在池畔看水。幻想或联想又活跃起来。我想，这升起的泉水的泡沫，如明珠，如茉莉的花瓣，如有僧在数着佛珠。我想，或者由于龙门为石雕的佛土，所以才有后面的这个联想。

姑记之，以志心中活动的情况之一斑。

访白居易墓

史称，白居易居洛阳十八年，常往来于香山寺和洛阳之间。我是先到香山寺而后往访白居易墓的。香山寺在龙门之东山，寺甚宽敞。从寺门出，行五六华里，有一山径直通诗人之墓。诗人如此热爱洛阳以及香山寺，终老以后，竟葬斯土。斯情殊堪动人。墓为一圆状土墩。我在白马寺看过唐代来我国的印度高僧之墓，在成都看过五代蜀主王建之墓，其外形皆为土墩。相比之下，我觉得白居易的土墩算是中等规模的了。墓前立一石碑，书唐白太傅之墓。土墩的四周，以石砌墓。从这些看来，是经过一番修整的了。

我来时，当然心怀崇敬之情。我看到有一些少年儿童来墓前献鲜花，这不是节日，孩子们也是怀着崇敬之情而来的了。我看到墓上还另有游人放了鲜花若干束。这使我十分高兴。土墩的四近有一些山田，种上玉米苗了。我相信诗人会喜欢自己的墓土附近有田园的。我走到幕前，在一棵松树下站着，沉思着。我忽然想到这位诗人生前南来北往，到处奔波。我曾在九江市的浔江之畔，在杭州市的白堤上，在我也到过的一些地方，追踪他的遗迹；这些都是他失意之后到过的地方，但其杰作和可以称道的政绩也出在这些地方。晚年，他笃信佛理，但他的精神苦恼能够从中得到解脱吗？我怀疑，因此那天站在他的墓前时我有些忧郁。

自香山寺眺望西山

立香山寺阶前，眺望伊水长流，又眺望西山诸石窟佛龛。自北魏，经东魏西魏，往北周、北齐、隋、唐各朝代，历四百余年，在西山营建了大小石窟一千三百余座，造大小佛像近万尊，形成了一个用石头雕刻的寺、塔、碑和佛像构成的佛国，它是如此雄伟、壮丽、庄严。

在西山时，我已经一个石窟又一个石窟、一个洞又一个洞地看过了。我尽量把这可贵的艺术品的形象，记在心中，把它们的启示，记在心中。呵，我记得古阳洞附近交脚弥勒石像背上吹洞箫的飞天；记得莲花洞中的迦叶形象，它手中的锡杖，身上披的袈裟，使我想起它仿佛有长途跋涉的辛劳；我记得奉先寺大卢舍给我的印象是，它似乎具女人相，但又仿佛有比男子更为宽阔博大的胸襟。我注意到宾阳中洞里那些释迦立像，有表达这位佛祖的相者，有表达其未来相者，一一给我以启示；我记得那些石镌的菩提树和树下的罗汉；记得四层的古塔，五层的石塔，都如此精美，记得普泰洞中有关涅槃的浮雕：释迦卧于床榻之上，几位比丘或合掌做祈祷状，或啜泣，或放声号啕大哭，表现了佛国中的悲哀……这一切，这一切都在启示我：这就是艺术！我立在香山寺阶前，眺望着西山，心想，就是如此，一个龛又一个龛、一个石窟又一个石窟地雕刻起来，积累了几百年的时间，表达了规模世所罕见的艺术气魄，表达了我国民族的世所罕见的艺术创造力！我深深地为我国古代艺术所达到的成就而感到自豪。

我立在香山寺阶前，很久很久。

1985 年 1 月 16 日，整理于福州

（收入《旅踪》）

东邻和三棵树

从 1976 年左右起，我住在黄巷一直到现在。这是我的工作单位的一座高五层的宿舍楼。刚迁入时，住在二楼。1985 年以后，迁至五楼居住。

福州市区至今保存下来的古老街巷，最著名的可能是所谓"三坊七巷"。黄巷为七巷之一。据传说，晋代的中原士民因避兵祸南迁，其中有黄氏宗族尝居此巷，因此被呼为黄巷。又据说，唐末著名学者黄璞曾居此巷，因此得名黄巷。但不论其为何，此巷和其他坊、巷一样，均具有古老的历史以及传说。这些坊、巷中，更以历来为名人所居而著称于世。以黄巷而言，单说清代便有好几位名人居此。这里我举出郭柏苍、梁章钜和陈寿祺。郭柏苍本人、他的父亲及兄弟，皆登第、居官。但是，在后来者的心目中，郭柏苍当是一位博物学家。他以我国的笔记体的散文写了许多有关科学知识的小品文，有《闽产录异》等著作问世。梁章钜官至巡抚等职，他在广西巡抚任上，曾尽力配合林则徐的查禁鸦片的工作，在江苏巡抚任上，亦有善政。但梁章钜在后来者的心目中，当是一位清代的诗人、作家（或学者）。他留给后代七十余部著作，其中如《浪迹丛谈》《归田随笔》等，我至今时或翻阅，它们都是笔记体散文。至于陈寿祺，亦进士出身，曾讲学于鳌坊书院，为《福建通志》总纂。二十世纪五十年代，我因为搜集一些地方史志的资料，多次翻阅他的《福建通志》，以为体例严谨。

我们的宿舍楼，传说为黄璞旧居原址。年代太久远了，无法查证。但是，这座宿舍楼是盖在梁章钜故居东园的原址上，看来是可以确定的吧？据云，道光十二年（1832年）梁章钜归里，修葺黄巷旧居，筑黄楼和东园。黄楼为一小园林，有小池、小桥、小阁及假山等，今尚存。闻黄楼初建时，匾额"黄楼"二字，为先六世祖郭尚先所书。尚先公，嘉庆进士，有《使蜀日记》等问世，与林则徐、梁章钜交谊甚笃。我想，这座黄楼，当有不少在当时具有开明思想的文人与忧时之士在此吟唱。至于东园，已废。看来我们的宿舍楼就建在它的原址之上吧？

我们的宿舍楼之东，隔一墙即为陈寿祺的故居。上面已提及，1976年我家刚搬进来时，住二楼。为此，每次出入宿舍楼，虽然看到东邻陈寿祺故居间伸出墙头的树木，却一直不知道那里的情况到底如何。那些树木从古老的土墙间伸出高大的树冠，有时能引起我的某种想象和爱慕之情。因之，有时很想找个机会到邻居家去看看这些树木，终因自己或忙或懒散，没有实现这一小小的愿望。直到1986年，我迁至宿舍楼第五层东侧的一个单元，从我的书室的窗口，从阳台上便能比较清楚地看到隔墙的树木和房屋的全部情景。

看来，陈寿祺的故居原来可能是一座三进的、具有福州传统格局的古建筑。前二进之后，似乎有小巷通入后园和最后的一座小木楼。我不知道陈氏故居眼下是否为其后代所居，或者物已易主。从我的阳台上看过去，前二进似尚保存得较为完整，灰黑色的屋瓦以及屋脊上长着瓦松和苔藓，有一种老屋之感。二进以后，我想，可能原来为后园所在，看来已非昔日面目。这里，原来可能有许多花木以及假山亭阁等古典园林建筑物吧？如有，已不复存在了。但它又不是"废园"。现在，只见大小不一的几座民屋，或坐北朝南，或坐西朝东，不守某种章法，随意盖在那里，把所有的空地占住了，显得拥挤。不过，位于陈氏故居的最后面的那一座木楼，楼上的走廊间，尚保存一种颇见古简的木雕栏杆，我想，它和前面二进的居屋一样，当系原物。陈寿祺、梁章钜均为嘉庆、道光年间人物，时隔一百余年，其旧物皆有废、有存，有各种变化，似不足为奇。

上文提及，在我未迁入本宿舍楼五楼东侧时，系住在二楼，那时出入往来，会见到东邻陈氏故居有树木伸出墙头。是的，现在从我的书室前的阳台上看过去，看得清楚那里有三棵树。它们也许是陈寿祺手植的树木？它们生长其间至少百年以上了？现在从阳台上看过去，只见它们一一被"挤"，或云被"夹"在那些——刚才提及或朝东或朝南，"不守章法"地盖在那里的——居屋之间，看不见生长它们的泥土和底部的树干。但我能从那些瓦屋的屋檐间看见它们伸出至今还显得那么强壮的树干以及整个苍郁的、宽阔的树冠，心中总是出现一种说不清楚的庆幸之情，感到它们特别值得珍爱。

这三棵树，一棵是杧果树，一棵是白玉兰树，另一棵树，我至今不知它的树名。先说这棵不知名的树，它比杧果树稍低，然其树梢已达四层楼的高度。这棵树的叶，呈扁圆形，呈墨绿色，整个树冠呈圆球状；最灿烂的时候，在于每年5月份约半个月间的花期，这时候，它的树上全被一穗一穗盛开深紫色花朵的花穗所覆盖，几至看不见绿叶。它的开花期，除了灿烂，还给我一种豪放的印象。隔此树有一屋，屋前则是一棵高达五楼的白玉兰树。此种树在福州颇常见，但它可能已是一棵百年以上的古树了，每年夏季，它还在开花。最后简要记述一下我对于东邻那棵杧果树的印象。它就在我的阳台的东侧，真正只有一墙之隔。它也强壮得很，毫无老态。据我所知，它每年发新芽两次，开花两次。当新芽发出时，全树犹如披上一大片一大片的红霞，因为那些新芽呈浓重的胭脂红，而且发亮。而开花时，也是整棵树全披上一簇一簇米黄色的花穗，和以上所提及的那棵我不知其名的树一样，显得格外灿烂。

大概由于隔邻为这么几棵树吧（它们是那么高大、强壮……），所以常能听见从树间传来诸如斑鸠之类的鸟声。使我念念不忘的是，我曾两次听见画眉鸟的鸣声从杧果树间传来。这在城市，多么难得！每到夏天的近晚时分，太阳未落山，有风，我往往把摇椅搬到阳台上乘凉。这样的时候，又往往听见黄鹂的细碎的鸣声从杧果树间传来；有几次还看见几只黄鹂从树间飞出来，它们比树叶还小……

行文至此，忽然念及世上某些事物的必然嬗变，忽然没来由地对于若干世代前的某些贤人的怀念……那么，就在这样的一刻间，让我结束本文吧。

（首发于《人民文学》1992年1月号）

217

劳碌半生

近日有记者来，询及我的文化生活，一时茫然答不出口。及至她告辞以后，忽觉如果回答，则说不外是一位劳碌的人，一位平庸的人所过的文化生活，无足取之处。情况确实如此。譬如说，饮茶算是一种文化生活吧？前数年，袁鹰同志编一册专谈茶文化的散文集曰《清风集》，约海内外文人撰稿；在我的那篇被录用的小品文中，有几句自白："至于茶，至今还是每日泡一壶茶，可是，则未必是一位茶君子。福建产茶，出名茶，我却什么茶都能泡一壶，斟入茶杯中，喝得津津有味。看来我是一位平庸的老人，不论穿衣、住屋，均不知讲究。在喝茶方面，似乎亦如此。"至于酒，我连啤酒都喝不来。至于烟，已于1974年戒掉。为此，喝茶既不知讲究，烟酒且无缘，则我在这方面自无什么文化生活可言；如果单说我的饮茶文化生活，那确实也是平庸的、乏味的。

我的文化生活，主要该说的是文学写作吧？因为为人平庸，作品不免平庸。但对此我并不计较，也一直爱之如命，不觉已过五十余年。在二十世纪四十年代，我已有家口之累，在福州或以报刊编辑为主，兼任中学教师，或以任教为主，兼理报纸副刊，如此，白天忙忙碌碌，几无写作时间，好在从小有早起习惯，每日未明即起，坐在灯下写作；那时写作颇见认真，每作往往数易稿子，又细心誊清始敢投寄，这中间当然也得到某种愉快，但日子一久，回想起来，总觉得是劳劳碌碌地过日子。譬如说，五十年代以后吧，生活固然稳定，几乎也是每日三四点钟即起身，伏案写作，然后赶上上班时间，不用说，这中间过的也是劳碌的日子。现在退休了，看来退休以及年老，其人忽具某种价值。这些年约作序者，约写专栏文章者，约编书者以及题词者等，似乎不算少。我又不敢懈怠——勉力而为。此中自然也有愉快之处。但也总感到退休以后，仍在劳碌中度过暮年的时间。

书至此，想起养花、逛书店或许也算一种文化生活？莆田故宅有一座祖遗的小园林。小时游乐其间，以致从小爱花爱树。记得"文化大革命"以前，住福州西牙巷寓所，曾养若干盆仙人掌，其后曾因此受到批判。但属性情之所致，往往难移。居黄巷后，在阳台上又养若干盆花。不过说实话，我似乎没有时间好好地伺候它们。近些天来，一盆黄月季开放二十朵花，女儿把这盆月季移入客厅内，我坐其间看书，觉得心情愉快。有时偷闲逛书店，偶得好书，也能使心情为之愉快若干天。临本文将结束之际，顺便记一下：即我欲购置一部《古今图书集成》，是书卷帙浩繁，一因售价过昂，二因无室可藏，终于未能购置，有时想起此等事，心中会有一点淡淡的惆怅。

（首发于《吉林日报》1992 年 8 月 8 日）

说稀饭

　　饮茶大约能生某种趣味。不过依我想来，其趣味可能因人而异，甚至其间似有层次。譬如说，雅人高士饮茶，其所得趣味想与凡人平民不同吧？我曾写一组散文，主要记饮茶对于我的解渴以及消除疲劳所得之乐，这自然属于凡人、平民的趣味了。以上云云，是拟作本文时忽然想起来的；写散文，看来可以随便一点，既想起了，便先写下了，作为《说稀饭》开篇的话。

　　吃稀饭也很有趣味。这，看来是一种寻常老百姓家的趣味，我以为，至少在我的家乡莆田是如此吧。我们莆田人（也称兴化人，因为莆田与仙游原来同属兴化府所治）就是喜吃稀饭。早晚饭必定是稀饭，有些家庭午餐亦为稀饭。但最令人难忘，最有趣味的，还是早上吃稀饭。配饭的，经常是酱菜、豆腐，有时是炸花生、炸紫菜；客至，往往有从早市上买来蒸熟的鲜虾或草鱼、温水羊肉以及福州鼎日有的肉松等。莆田人俭朴，早餐席上满摆菜肴者，即殷实之户，也不常见。那么，总而言之，早餐配稀饭的，如刚才所说的，都不外是酱菜、豆腐或豆腐乳，其趣味在于清淡、清洁、随便、简便；其趣味在于它是一种家常的粗蔬淡饭，这就不多说了。不过这种稀饭早餐，从小吃惯了，及长，竟然一直喜吃之；若久客外地，对我来说，有时很想喝一两碗稀饭。

朱谷忠同志（亦莆田人）应约写了《我说郭风》，其中有一段文字，记述某年我们在武汉喝稀饭的情况："……在饮食方面，似乎各种食物他都喜欢。且有一条与我相似，早餐时特别嗜爱喝稀饭。若是外出数天，吃不到稀饭，便生出一种情不自禁的思念。有一回在武汉，他和我下榻的旅馆早晨不供应稀饭。他就同我一起出去，走过两条街道，终于找到一家专门卖稀饭的小店。吃完归来时，他还兴奋地告诉同行的舒婷和袁和平。结果他们俩都笑说：'跑了两条街道，吃一碗稀饭又跑回来，肚子不又空了？'郭风却认真地说：'你们不知道，重要的是吃到稀饭时的那种感觉，特别好！'接着又补了一句：'今天去三峡没问题了！'"坦率地说，在我的旅途生活中（特别是我还年轻时），此等事，可谓屡见不鲜。

二十世纪五六十年代，我常至闽南泉州、漳州、惠安，包括这些县（当时未设市）的村镇如石码、石狮和崇武、涂寨等。当时，县里不设宾馆，一般为招待所，村镇里只有客栈。当时，这些闽南小城的汽车站均很小，我们来往也均坐公共客车，至农村、乡镇则坐闽南当时颇为盛行的"脚踏三轮车"。尽管如此，我还十分喜欢到闽南去。原因之一，便是闽南若干县份的县城、村镇，往往能见到卖稀饭的小店，同时供应小碟的菜。记得漳州稀饭小店里售小碟的香肠，五十年代一碟只售五分。泉州所售腌菜，惠安所售炸豆腐等，配稀饭别有一种风味。现在想起来，除了我本来嗜食稀饭以外，还有一个原因，便是当时至闽南，主要为了工作（如约稿等），到作者家串门，很累，

坐在小店里喝碗稀饭，既解渴又充饥，加上当年做小本生意的店主人情意平和，实在可人。

二十世纪五十年代初期（一直到"文革"），我住在福州西牙巷。这里离我的工作单位福建省文联所在地古仙桥有一段路，中午均在单位里用饭。而每日清晨，洗盥毕，便走出巷口，那里有一位老人，在卖稀饭。这位老人把稀饭装在一口大陶瓮内，四面围以稻草，用以保暖。我每晨就站在他的摊前喝一碗稀饭，然后顺路上班。这位老人所卖的稀饭，不稀不稠，可能是用粳米煮成的，饭中掺以若干花生，似乎放过一点盐。这福州街头的稀饭，与我家乡莆田民间所做稀饭不同，也另有一种滋味，我亦喜之。这位卖稀饭老人，在五十年代，还着对襟短服，满脸皱纹，很和善。每次我走时，他总是向我淡淡地一笑。

在本文临末处，我想记一下在北京吃的一次小米稀饭。可能是 1979 年？我在北京开会，住西颐宾馆，或西郊宾馆？在餐厅里，我遇到冰心老人和王佐良先生。我们便同在靠窗口的一小方桌前坐下，同喝北方小米稀饭，其味清纯，亦可口。席间，在冰心老人的谈话中，得知王佐良先生为吴青同志（冰心的女儿）的业师；吴青同志能讲一口柔美的英语，也许不是没有原因的。

（首发于《文汇报》1992 年 11 月 3 日，收入《汗颜斋文札》）

想念中的风景

教堂·壶公山

故乡福建莆田是一座古城，有明代的城墙。直到七八岁，我几乎没有出过城门，到郊外去。即在城内，记得所到之处，也不过是故宅附近的一些街巷。当时我所见的最大的建筑物，是立于仓后巷的一座石造的教堂。它有高高的石阶，有嵌上蓝色玻璃的百叶窗，有一座高高的、四方形的尖顶的钟楼。大约八岁的那年，有一位远房的姑祖母，带我们几位年龄相近的堂兄弟姐妹到教堂里去参观庆贺圣诞节的仪式。那天，我听到钟楼中传出的钟声，看见许多教徒穿着新衣走下石阶，看见教堂内的讲坛上有人在弹奏风琴。其余的什么都忘记了。而记得最清楚的是一位外国女传教士（人们称她为师姑），给我们这些儿童赠送一张画片。画片上面印着一位笑眯眯的、长着白胡子的人；他身穿红袍，背上一只红布袋。后来有人告诉我，这红布袋里装着玩具，会送给儿童们的。这是我最早在画片上见到圣诞老人。

小时，虽然连县城的郊外都没有到过，但立在故宅的石阶上，便可以见到兴化平原上拔地而起的壶公山。它经常呈灰蓝

色，或者蓝色。小时，我朦朦胧胧地感到它有如一位穿着蓝袍，坐在那里的老人。一天，我立在家门前的石阶上，忽然望见壶公山的山巅下面有一些白云在飘来飘去，不知怎的，我突然想起这座山是一位穿着蓝袍的、长着白胡子的圣诞老人。我一直望着，希望他背上也有一只装着玩具的布袋……这可能是我眺望壶公山时所见的一次最难忘的风景，一次我对于它的最奇怪的希望，这一直记在我的心中。

东岩山·松·石

东岩山位于县城之西北隅。山上有明代的城墙、宋代的寺和塔，有明代的三教祠。在寺和祠之间，有古樟一棵，传为西晋物。我的故宅在县城东南隅一条古巷内。我已记不清幼年时候是否到过东岩山。由故宅至东岩山，要走过县城内若干旧街巷，要走过一段建有吕洞宾祠的陡坡，要走过一段多半是龙眼树园的、当时还显得荒僻的地段，估计幼年时候是不会到过东岩山的。但在我的暮年的心间，有时会无端地出现一种自己人生经历过某一辽远年代的愉悦之情；这可能是一种十分纯洁的愉悦，这可能是一种未谙世事而对于忽然置身于某种美物（美景？）之间时生出的幼稚的愉悦？不过，我又似乎能够明确地说，这种情感大约是在我十岁随一位比我大五六岁的表兄初次到东岩山，看到那里的风景时心中天然出现的一种感情。与这人生经历中辽远年代的情感同时出现于暮年的心间的，是从记忆里出现的松涛声和众多的岩石。

如果确定自己初次到东岩山，约在十岁，那么说也奇怪，后来多少次（包括暮年回乡时）到东岩山，印象最深和最令我怀念的，不是那里的寺、祠以及城墙等，而是那里的松涛声和岩石。东岩山有很多古松，高可十数丈，树干挺直，在树梢出现盘虬似的树冠。它们随意耸立在山坡间，或重叠在岩石间。这样，不论从哪个视角或地位观之，的确都能自成一种景致。这些景致，随着年龄渐长，见闻渐广，后来当我念及它们时，往往使我同时想及王维以至弘仁八大山人等的一些山水画和诗来。但不论如何，那耸立于山坡和岩石间的松树中出现的天籁，那松树在风中的动态，特别是由于风的作用而引起的松风声，几乎是画和文字所鲜能传达的。而幼年（譬如说，在十岁左右）在东岩山初次听见，如今已变得辽远而又辽远的那松涛声所引起的幼年的愉悦之情，自己只有在怀念中始能约略重新领受。

外婆家的风景

小时，每年农历三月间，我便随家母在外婆家住数天。外婆家的住宅先是在故乡二十四景之一的小西湖畔。记得是从湖畔走进一条小巷后始到外婆家的住宅。又记得小巷之口的左侧，临着小西湖的湖水，有一座名曰"宋亭"的小园林，这座小园林的围墙很高，有一棵老松从园内斜倚在墙上又伸出树冠来。这树冠有如一团绿色的雾，而树干则有如盘旋在那里的一条龙。老松之旁，又有一座木造的、仿古的小楼露出围墙，只见楼上有栏杆、长廊、雕花的木窗和重檐的屋盖。住在外婆家里时，

我喜欢走到巷口中，站在那里望望老松和小楼，又望望它们照在湖中的倒影。到如今数十年了，这小时在外婆家巷口所见的一点景象，似乎一直留在我的忆念中。外婆住在那里不太久，便迁居了，住到城北一座古旧的民宅内。这座居屋四围都是龙眼树和枇杷树的果园。宅内的右侧有一块空地，或者说是一个小庭院，其中一堵墙上开着用红砖筑成的卍字形的花窗；从窗孔间可以望见外面的果园。墙上爬着金银花和蔷薇花的青藤和绿叶。夏历三月是一年中日光明媚而雨水充沛的时节，只见墙上的金银花和蔷薇花都开放了，胡蜂、蜜蜂、彩蝶、粉蝶以及蛾在花间飞来飞去，显得繁忙和快乐。而从花窗向外望，可以看见果园中有许多枇杷树的枝头，果实正在开始成熟……

外婆的小庭院里，那堵土墙上的花朵和蜂蝶，以及从花窗间所见的枇杷，似乎成为一帧水果、昆虫和蔷薇花构成的水彩画小品，从幼年一直留在我的记忆中。

山道·山店

记得是 1937 年夏天吧？即我和妻子秋声结婚的次年，我们一起到她的娘家去。她的娘家是莆田一座高山中的一座小村，或云一座处于深山中的小村。记得从城关出发，行约十华里，即进入莆田西北部的山区地带，这中间路过一处名曰西天尾的山镇，随即完全走在山路上了。现在想起来，道路两边时或出现梯田、古树以及山泉、鲜花，而路也并不崎岖难行。这样，大约又行了十华里，开始登上一座名曰澳柄岭的古岭。这不知是多少年代以来山民和城关以至沿海地带往来的必经要隘。对此，现在想起来，最强烈的印象，一是岭道全是石蹬，古拙而又平滑，曲折地伸入山林中间而又使人不知不觉地向高处攀登。二是这以石蹬形成的岭径两边，从草深林间不时出现一朵朵红色的山百合花。印象更加强烈的是，我们行将登上岭顶时，便不断看见三三两两的山区妇女；她们大都是二三十岁的妇女，扎着红绳的发髻上插着银器，顶着一只小竹笠，系着绣花的腰带，挑着柴薪，或是木炭，或是笋干，从岭顶走下来，健步如飞。现在想起来，这在二十世纪三十年代还保留着的故乡山区妇女的装束，不知何时已经消失了？而她们独特的健美和强壮的劳动习惯，不能不给我留下久远的强烈的印象。及至登上澳柄岭的岭巅，使我至今难忘的是，那里竟然是一片不小的平缓的开阔地，生长若干棵高大的、葱郁的古樟和古油松树，树下搭着几间草寮，这便是出售稀饭、锅涮（福州曰"鼎边糊"）和供应茶水的山店。记得那天，我和妻子还在山店里喝了一碗稀饭，配饭的是山村里才有的腌萝卜干，只觉得适口，另有一种味道。从岭巅下山行约半小时，便见山麓有伞店、肉铺等，有一条石铺的山路直伸入一座名曰白沙的山村，记得我们来不及停留，穿过这座山村继续前行……

古驿道·水磨坊

1971年11月中旬，举家旅居于闽北深山里的一座小村。我们租住在一位农民的两间茅屋。我平生爱读的《徐霞客游记》

《西游记》《安徒生童话全集》等和我的旧书桌居然都会随我家一起进入山村。我们的住宅所在虽然是只有三户人家的名曰下杉坊的一个自然村，但山景极佳。而且，当我在村里重读《徐霞客游记》有关入闽的日记时，确定他由浙入闽时，便曾经下杉坊村前小涧边的旧驿道登上渔梁岭，然后经仙阳镇而后进入浦城县城的。我到村后不久，便感到这里三户人家（包括我所租的）茅屋俱依着山崖盖在旧驿之上。这些驿道颇平坦、坚实，在村中保留相当长的这样一段古道，以后便断了。后来我上渔梁岭时，又发现岭上也保存一段这样的古道，并且还保存一道古寨的石门。有了这些古迹，使我感到这座深山中的小村格外可爱。

我所住的茅屋前面是三条小山涧汇合之处，有一木桥架在涧上。四面山峦上，都是杂木林，我来时，夹杂在林间的枫树已经因初霜而叶色染红，有如一朵一朵冰凉的火焰缀在枝间。沿着山涧都是梯田，我来时，一些田间正生出紫云英的幼苗，一些田间的荞麦正开放红白相间的红花。村前的山涧之旁，有一座水磨坊。它的大木轮有时是静止的，有时则那么从容地、用一种迟缓的节奏转着又转着，挥出向四面飞散的水点，如果被风吹着，便像水雾，如果被日光照着，便有如发亮的珍珠。我来后不久，村里便下雪了。大雪从早上降落，不久便覆盖着梯田、山峦、木桥和我们的茅屋，覆盖也是铺着茅草的水磨坊。而就在下雪天，我看见水磨坊的大木轮还在转着又转着，因为有附近村里的农民来磨麦……

岩燕

已记不清时在何年，我到闽西北泰宁游览该县的名胜水上一线天和白水漈瀑布后，曾访处在城西二十余华里的深山中的丹霞岩和李家岩。丹霞岩，宋代民族英雄李纲少年在此读书，故后人在岩壁上镌"李忠定公读书处"。这是一座溶洞，外形颇似武夷山之水帘洞。岩洞左右有泉涌出，涓涓而流，但未成为瀑布，而水帘洞之瀑则似散落之明珠以及水雾自岩顶飞下，此为不同之处。丹霞岩溶洞内原建丹霞寺，已毁，其后又建为"李纲祠"，亦已圮；而水帘洞内的庙宇尚见整齐，这也是不同之处吧？但丹霞岩溶洞周围生方竹，各种野草娟娟作花，甚是深幽。不过，不论如何，时隔多年，只能大体记得一些景致，余毕淡忘。奇怪的是，当我念及丹霞岩时，总同时念及武夷山的水帘洞的景致，甚至一些景象交错出现，这种心理活动也颇有趣。然而，丹霞岩有一颇见独特的景象，为我在他处所未曾见及。这便是峭立的、高达百仞的灰色和丹色相间的岩壁上，有数不清的、从岩下望去有如蜂窝的小洞！呵！成千上万个岩燕在这耸立于深山的高岩之小溶洞内营巢；我到时，似乎也正是它们离开南方的大海上的礁岩，追着春天之步履来到这偏僻的深山！它们在岩前飞来飞去，呢喃声中充满某种激情。我当时心中曾暗自设想：人类的自然科学应与诗的想象力相结合，去探讨自然界中一些候鸟在迁徙途中的勇气和智慧。

229

睡莲

　　1981 年 11 月访问菲律宾时，曾住马尼拉的菲律宾大学的一个招待所内，我住在这里约十天。每天早晚均在附近散步，颇为热带岛国首都郊区的风景所感动。在我看来，这里最美丽的树应该是杜果林和椰子林，这郊外的乡间道路两旁都是成林的、正在结果的椰树和杜果树，由于它们的高大和总是成为丛林的存在，使我感到这里树间的风总是在高处吹过，并且发出响声。至于花朵，我以为最美丽的除了茉莉以外，应该是鸡蛋花和卡特兰花，鸡蛋花开放在树上，有黄、淡红和白等色彩，而卡特兰色彩丰富，在菲律宾大学一些教授的小花园中往往都能看到。但是，特别使我欣喜的是看到了睡莲。一天早上，我独自在招待所附近散步。因为时间尚早，便随意走到更远的一些地方去，忽然在几棵椰子树下，发现一座野塘。塘中生了许多青萍，仿佛有热带青蛙和蚱蜢在青草丛间跳动，而塘中又仿佛有蝌蚪在游来游去；这座野塘不大，不知怎的，我竟然无端地想到，它是一座不太受人关注的野塘。心中无端地感到怅惘，而在这中间，我忽然看到青萍丛生间原来还长出了几片莲叶，正开放一朵白色的睡莲。我不觉驻足，向她注视，感到这是一朵谦逊的花。记得那天回到招待所时，想到在马尼拉郊外偶然见及的一种特殊野趣和一朵睡莲，心中感念不及。

　　我会想念波兰的睡莲。1937 年 5 月出访波兰。抵华沙的次日，波兰作家协会在阿博拉镇（离华沙约二十五公里）设午宴欢迎我们。宴会后，我们在树林中散步，树林里生长橡树、榆树、菩提树、槭树、�树，林下生长耐荫植物，林中有八哥、黄鹂以及雀鸟的鸣声，我还在林中看见一只彩色的啄木鸟从丁香树飞向橡胶树。除了在林中散步外，也到湖边看看。湖不大，湖边青草间开放野菊、蒲公英，湖中生长睡莲，圆叶间出现很多的含苞待放的花蕊。也许是在欧洲之故吧？那天，我看到睡莲，心中会想起莫奈对于湖和睡莲的感情，又想起凡·高对于向日葵的感情，是那么真挚，那么深沉、专注和不会衰竭。

（首发于《中国作家》1993 年第 1 期）

父亲的书橱

　　1922年夏，父亲故世时，遗留下一只可能是祖父曾经用过的书橱。估计它至少是清光绪年间的木工制作的。它的中间部分是三只并列的抽屉，有铜铸的蝙蝠形的拉手。以这一行并列的抽屉为"中线"，从而提供给视角的感觉是：成为上下两个部分或者说两个层次的构造。上部是具有博古趣味的二层书架，下部看来甚是平淡，只见两扇橱门闭着，在我懂事的时候，其中放着我的衣服，已作为衣橱使用了。

　　那上部具有博古趣味的二层书架上，放满了一些木板印刷的线装书籍，一些民国初年石印的线装书籍以及当时商务印书馆出版的"洋装"书籍。这些书籍一直按照父亲生前原来安放的位置被放置在那里。记得母亲每天用拂手拂去书架上的灰尘，似乎从来不愿意，从来不忍去变动书籍的原来位置。

　　有一天，母亲无意中对我说："绩堂（先父之号）弥留之际，曾一度从昏迷中醒过来，向书橱上的书籍看了一眼，随后把目光转向了我……"

　　母亲是坚毅的。她能忍受各种痛苦。但她的看似平静的语言中，有一种深情，有一种沉痛的怀念。

　　父亲故世时，我不到四岁，当我稍稍懂事时，我似曾想到，那书橱上都是一些父亲生前心爱的书籍，大约到了我从小学转入初中就读的那一段时间内，出于我的恳切的请求，母亲允许我从书橱上取书阅读。当时，我还读不懂其中大部分书籍。不过，我记得最初从中发现一部石印本的绣像《西游记》，曾使我津津有味地读了好些时。到了后来，我才知道，父亲的书橱上大半是当年具有很大的思想启蒙意义的书籍，譬如严译的《天演论》《法意》《原富》，林译的《黑奴吁天录》《茶花女遗事》以及章太炎的《章氏丛书》，梁任公的《饮冰室文集》，等等。我曾听一些与父亲同年代的前辈说，在当年，父亲在当地是一位具有激进思想的人，是一位怀疑现状、不安于现状和对现状不满的人，他曾只身离家，要到法国去勤工俭学，却在上海途中罹了重病折返……我有时站在父亲的书橱前，曾有意或者是无意间，用心地或并不太认真地思索，书橱上的某些书籍对于先父的某些思想，乃至某种行动曾有些许的关联吗？

　　作为父亲的遗物，这只书橱一直放在母亲居室内的床头右侧。记得 1945 年冬，我至福州定居前，这只书橱还放在母亲居室内。过了两年，母亲来福州与我一起居住。不知怎的，直到 1966 年冬，母亲故世时，我都忘记向母亲问起这只书橱后来怎样处理了。

　　（首发于香港《华侨日报》1993 年 1 月 17 日）

关于雕像

　　忽然想提笔写一点对于雕像之类的感受和印象。在我的故乡莆田，以石头或利用大岩石为佛教、为道教诸神造像者，似甚少见。记得在私塾就读期间，即六七岁时，我所至之处恐怕都在故宅所在地的书仓巷内。这条古巷，有社公庙、观音庵，在我家附近还有土地庙，庵堂庙宇均小，但香火鼎盛；现在想起，还记得在那垂着深黄色帷幔的神龛前，供桌上香烟缭绕，烛光辉煌。幼时常至这些小神庙、佛堂去，大都是为了去看看道士穿着道袍在那里念经，去看看小尼姑敲着木鱼在那里做佛事，觉得很有趣味，那些观音娘娘以及社公诸神的仁慈的相貌，也给我留下一种既神秘又易于亲近的印象。特别是土地公公从白胡子和老人的眼神中出现的笑容，不知怎的，尤为使我感到易于亲近。记得后来从兴化戏的舞台上和从《西游记》中感受到有关土地公公的音容笑貌也——在我心中留下可亲的印象，以致当我从事文学创作时，竟然多次要自己的童话或散文中出现我心目中的土地公公的形象，表达我对于这位神灵的感情。现在话收回来，我刚才提及小时在书仓巷见及的观音大士、社公和土地公公，其实只是欲表达这么简单的意思：它们都是泥塑（即不是以石头雕出来的）。稍长，大概到九岁，我到砺青小学就读以后，这个学校给我留下难忘的印象之一，是见到巨大的佛像。砺青小学设在莆田名刹凤山寺旧址，当时尚保存大雄宝殿和一座木钟楼、一座木塔。我便是在大雄宝殿内见到释迦牟尼的坐像以及十八罗汉，和供奉在大雄宝殿背面另一殿中的地藏王菩萨，它们也都是泥塑的，但都是金身的，特别是释迦牟尼塑像，虽然作慈悲相，而高可四五丈，极壮伟，有一种威严感，似乎不如小巷中那些小庙里的民间供奉像易于接近。

也不知何时，读了一些历史及杂书，得知佛教之传入我国，有种种传说。譬如说，在秦始皇时代，便有僧赍佛经至长安；又譬如说，前汉武帝征匈奴时得金人，以之祀于甘泉宫，烧香礼拜；又譬如，后汉明帝时，蔡愔等从大月氏国随迦叶摩腾和竺法蓝二僧，以白马载归佛像和佛典，是为佛教传入中土之始。以上三说，自以最后一说为可靠。我到过白马寺，那是汉明帝为礼佛而建的，在那里，我便见到迦叶摩腾和竺法蓝二位印度高僧的墓。至前汉武帝得金人一说，也许只是一种传说，未必可信，但对于后世之造佛像不无影响。不仅小时所见凤山寺的佛像为金身，在其他古刹名寺所见佛像，亦往往为金身塑像。这大概与武帝得金人说有关？难得贴金的佛像不免有某种帝王味；凡物多一分威严感，便少一分使人易于接近的亲切感吧，我作如是想。

我见到用石头雕成的宗教造像，迟至二十世纪五十年代才在泉州见到。而五十年代以后我又常至泉州，得以多次在清源山、九日山以及晋江县（现改为市）的华表山拜谒、欣赏石雕宗教造像。泉州文物之富且美，向为世人所称羡，单以宗教而

言，便有有关伊斯兰教、印度教、景教、摩尼教以及道教等寺院的遗址以及有关石刻，本文单说有关佛教、道教的石雕造像。在清源山的弥陀岩上，有利用悬崖的岩石就地雕出的一尊阿弥陀佛像，高可五米。在九日山的西峰（亦名西佛山）上，亦有一尊利用山巅的一块大岩石就地雕出的石佛，高可九米有余，此不知名之佛像闻为五代物；而阿弥陀佛像至少在元以前便有了，因为供奉它的一座石室是元代修造的，室侧有一石碑记载石室营造的经过。此外，有关道教的石雕造像，最为世人所称道者，当推清源山右峰老君岩的老君坐像，高可五米，宽可七米余，为宋代物。以上所提及的这三尊石头雕出的佛教、道教石雕造像，我记得均写了小品文，谈论个人感受；这是好多年以前的事，现在懒得查一查当时发表一些什么议论。说来有点奇怪，若干时日以来，偶尔会念及此等宗教造像，感到那尊老君像的垂及双肩的大耳以及从长髯间流露出来的一种寿者的笑意，很有人情味，而那两尊佛教石雕立像，其慈悲相、庄严相之间，似隐隐出现对于某种世情的蔑视和嘲讽。这一点感觉，是否已写入前几年的小品文中了？这且不管。现在在我心目中最确切的感觉似乎是，这等宗教雕像，它们留给我的是一种艺术的生命力，而宗教色彩已显然淡下去了。

　　顺便谈谈我在福建所见及的另一尊佛教石雕造像。这是一尊弥勒造像，在离福清县（现改为市）十公里的海口；那里，临着海湾的旷野上有座石山，曰瑞岩。山上怪石错列。据云，北宋年间曾于此处建寺，元代有人在寺西利用岩石的自然形态雕出一尊弥勒佛的坐像，高可九米有余。我记得曾两次到海口看望这尊弥勒佛。因为寺已圮，以致他坐在露天中间，背后便是石山。只见他不论风晴雨露，一直以笑容，而不是以悲悯面对众生和大千世界，我总感觉这位弥勒佛的佛相与其他西天诸佛不同。佛说，"诸行无常"，佛说，"一切皆苦"，大概这尊石雕弥勒佛，六根皆净，无烦恼，成为一尊乐天派的佛像，以致我有时还会心生一念，何时再看这尊佛祖？

史称，公元五世纪中叶，北魏武帝纳崔浩言，曾发动一次大规模废佛运动。其中原因大概很复杂，譬如，有佛教、道教之间激烈的斗争问题，自然也有统治君主为巩固统治权的某种计谋和策划问题，这且不去多管了。这次废佛运动，长达六年，以帝王之权势，强迫全国僧尼还俗，佛像佛典佛寺在国境内几乎被毁殆尽。但据有的学者研究结果，以为武帝之子孝文帝即位后，又发动复兴佛教运动，其反动力超过废佛之极度。这些学者以云冈和龙门的石佛造像为例，证明其论点。云冈未到过，我曾两度造访龙门石窟。伊水之涯，整座西山共有洞窟、壁龛数千个。这当然不是全部都为北魏时代所营造，其中有十分之六据云属于唐代，但这不要紧。且说，这数千个石窟，我虽然来过两次，也不能一一观赏。我重点看了属于北魏的宾阳洞、古阳洞以及属于唐代的万佛洞等。我记得自己也曾写过短文，记录个人游龙门石窟的感受。不过事过境迁，现在，当我偶尔念及像龙门石窟这样的雕塑之稀世瑰宝时，我想到那些佛像，仪表温和，衣带宽松，似是西天净土佛，却更像世间凡人。古代艺术家，包括民间不以名传的雕塑家大体上都具有现实主义的艺术创造精神，连带有浪漫情意的宗教艺术，都会令人感

到其间带有现实色彩。有的学者认为云冈、龙门等石窟的出现，开始时是对于"灭佛"运动的反动，这也许有些道理。但那些王室贵族，所以耗费巨资营造石窟，无非为了祈福，为了所谓"广种功德"，以及其他某种政治目的，而在客观上推动了我国独特的雕刻艺术的发达，这当然是彼等无法预想得到的。

欧洲文艺复兴时期所引发的人文主义思想，看来长期地影响那里的政治、学术以及文学艺术等领域。这篇小品文谈的是有关雕塑的个人感受。那么，于此让我约略谈点个人在莫斯科以及在波兰华沙和其他一些城市所见的雕像的感受。位于莫斯科红场后面的克里姆林宫，其内除著名的彼得大帝钟楼外，几乎是一座座古代的教堂，但我在宫内见到列宁的塑像。是的，我见到列宁坐在座台上，上身略向前倾，一手放在膝上，一手支着下颌。在这尊列宁雕像中，我可以得到种种感受和印象。记得我曾为此写过若干则小品文，譬如，我在一篇拙作中写道："他的眉宇间流露一种智慧，他的目光间流露一种仁慈，一种宽恕，一种对于无产阶级革命事业的信念……"但我近日又想，作为这尊雕像的整体艺术构思来说，艺术家是把革命领袖人物作为一位思想家、一位普通老百姓中的一员来处理；我在以前所作的小品文中不曾提及，克里姆林宫内的列宁塑像，总的是给我一种平易近人的感觉。我不知道（不曾查考）这是哪一位艺术家的作品，但我想到，他在创作这尊列宁塑像时，感受了文艺复兴时期传下的人文主义的思想传统。

在华沙以及诸如克拉科夫、卡达维兹、贝德歌什赤和托伦市等，在街上、广场上以及公园里，都可以见及各种雕像。其间会见及国王、武士的雕像；但最令世人感动的是看到一些波兰的科学家、作家、艺术家的雕像。在哥白尼的故乡托伦市可以见到哥白尼的塑像，即在雅盖龙大学以及小镇霍若夫均可见到哥白尼塑像。我在克拉科夫广场见到密茨凯维支的塑像，在华沙大学看到显克微支的塑像。我在波兰时，未及去肖邦的故乡访问，是一大憾事。但临离开华沙时，那天恰好是星期六，华沙群众每周六均在瓦琴卡公园举行音乐会。这是一座很大的森林公园，园中有一湖，以曲桥通到湖中的小岛上去。就在这小岛上，竖立肖邦的立像。波兰音乐家在肖邦像下弹奏肖邦的各种名曲。男男女女，老老少少，随意坐在林中的游椅上，欣赏肖邦的音乐。在我看来，他们过着一个美好的周末。

在结束本文时，我想说：从波兰的雕像中，能发现波兰人民重视科学、文学和艺术，这也许亦为一种人文主义的思想传统吧？

（选自《散文天地》1993 年第 3 期）

家乡至味

　　不知笋和香菇是否列入"山珍"？依我之见，山中所出物，其味之佳者，莫过于笋及香菇。山中之笋，不论其为春笋、夏笋、冬笋，其味未必相同，但均可口。说起来，也许是颇见遥远的事了，即从我的童年直到 1945 年冬我至福州定居以前，记得每年清明节前后，在家乡莆田均有春笋上市，在那一段时间内，城关的闹市鼓楼前（街）、文峰宫（街）以及十字街，大清早便能见到附近山区的山民挑来一筐筐的春笋，价甚廉。依我看来，春笋和豆腐可以比美，实在是早餐时配稀饭的佳肴。记得我家的做法大抵如此：从市上购回春笋，剥其壳，切去笋头，洗净，放在锅里用井水煮开，随后将煮熟的笋切成四片，放在碟上，另外又在其旁放上一碟酱油。如此，在早餐时，边喝稀饭，边把已经切片的笋，撕成小块蘸着酱油下饭，清洁、清爽，可口而又开胃。至于夏笋，记得是 1938 年夏间在亡妇秋声的娘家初次尝到此物。秋声娘家在莆田西北隅深山间的一座小村里，除梯田外，四山皆为杉木林、杂木林和竹林。而在村屋的小径边，却生长一片青翠的、竹叶特别宽大的小竹林。我们来时恰当夏季，只见这片小竹林间，正拔地抽出许多竹笋：笋壳碧绿，比一般竹笋肥大。那年住在秋声娘家的山村里时，岳母曾以此夏笋作为我的佐饭的蔬菜。只感此物性凉而稍有苦味，不亢不卑；事隔五十余年，至今回想起来，尤感此物最相宜，其中至味，其实难以言传。

家乡莆田民间的日常饮食中，到了冬令有一道菜，即以冬笋切丝和肉丝煎炒。城关居民一般均喜此菜。不知怎的，我从小不喜食肉，对于此道菜却仍旧喜欢。但吃法可能"与众不同"，即喜欢让此菜隔了一夜后取出，只吃其笋和肉冻，以为这很好吃。莆田有一道菜，即冬笋炒香菇，过去一般是在宴会上或有重要客人时始得之，家居的日常生活中难得见到此菜。于此，我念及亡妇秋声生前为我特地做了此菜的情景。1948年农历十二月十七日，我三十岁生辰之日。当时我和秋声在福州西牙巷一座陈旧的木楼上租住了两间小房（其实是用木板截开前后两间小房），厨房在楼下的过道里。那天，秋声为我的生日在厨房里忙了一上午，然后把几道菜摆在楼上"后房"的长桌上，她真是"计算"周到，我下班回来时，正好是她把这几道菜刚刚摆好之际。当时，儿女均未出生，母亲还在莆田守家，所以只有我们夫妇两人对坐而食（因为，我不嗜酒，故未饮酒）。那天她所做的几道菜可以说很有意思，记得有福州鱼丸、福州燕丸，这都算是省会风味菜肴。尚有几道则是家乡菜，记得有醋熘黄瓜鱼、焖豆腐、冬笋炒香菇……秋声平日似乎并不擅长烹调，那天看来却颇能发挥她在这方面的才情，几道菜均可口。其中冬笋炒香菇，食之尤能见得二物之美。1970年冬，我们夫妇率儿女，举家四口旅居闽北浦城县一座深山的小村里。那时，我们租住一家农民的两间茅屋。山村离最近的山镇也有五公里，男儿在山镇附近的一所初中里就读，寄宿学校，星期六回来时，顺便从镇上买了米携到家中，平时，则往往每隔两三天，由秋声到镇上去买些菜或日用品回来。山村里经常下霜，要不就是下雪。一天，我整日伴着村干部（当时叫大队干部）到各村"检查生产"，到傍晚才赶回来，一路遇到纷纷飘落的冬雪。及至快到我客居的那座茅屋即我的家时，只见溪岸、木桥和四周的树林均已铺上雪。当然，茅屋上面也铺满了雪。使我欣喜的是，当我正要踏雪过桥回家时，却见秋声和儿女均迎了上来，他们一齐伸手把我接回去。女儿当时才七岁，她拉着我的棉衣说："妈妈给你准备了好吃的菜！"

那天，全家过了一个温暖的夜晚，虽然屋外还在降雪。原来，趁我整天在外面参加所谓"检查生产"的机会，秋声到镇上去，不意竟然有山民出售新鲜的野生的冬菇，她便买了一斤，随后又在小店里买了几只冬笋，这样，那晚我第一次尝到冬笋炒鲜冬菇的味道。而那天又恰好是星期六，男儿从学校回家时，顺路在田埂旁抓了一小鱼篓的泥鳅。浦城城关乃至山村，民间在冬季均用陶钵架在炭火上烧菜汤，好像是一种具有民俗趣味的、简便的火锅。那晚，秋声就用这"火锅"煮了泥鳅汤，这样，在一个冬天的雪夜里，在客居的山村里，举家吃了一顿很好的晚餐，很有乐趣的晚餐。

写到此，感到对于冬笋和香菇，还得说几句话。这便是，笋和香菇生于山中野外，有至味，而与秋声及儿女在某一特定环境中飨此二物，此中有至情。笔拙未能深切表达此等情味，憾甚。

（首发于《解放日报》1993 年 5 月 20 日）

说佛跳墙

闽菜"佛跳墙",名声颇大。闻海外如新加坡等东南亚华人聚居的国度以及诸如中国香港、台北等地区,酒楼上亦治此菜。不过,此菜在旧年代里,为豪门巨贾之席上珍,寻常老百姓、一般公教人员何敢作非分之想?

此处不妨略记一下我与"佛跳墙"的某种"因缘"(说是"轶事"似乎也无不可)。1972 年秋至次年春夏之交,我从下放的所在地浦城一小山村,调到福建省委党校学习,等待重新分配工作。这样的"学习班"已开办过若干期,参加学习的都是被打成所谓"三反分子""走资派"乃至被诬为"特务""叛徒",而终于证实什么也不是的一批干部。尽管当时林彪已坠机自焚,但"四人帮"仍在台上,以致学习班里还弥漫着一种觉察得到的、极"左"思潮的迷雾,要取得政策的真正、彻底的落实,其间尚有障碍,但至少已脱离了"牛棚",已从"流放地"排解出来,心情不免兴奋。我当时是与文教、出版单位的一些干部在一个组里学习的。快结业之时,有一同志提议:到福州某名酒楼去吃一回"佛跳墙",并由他带领我们至此名酒楼。不想到时,只见这家著名的、古老的菜馆虽然开张,但顾客寥寥无几。经了解,原来此家酒楼已开始出售"佛跳墙"实乃传闻。我们扑了个空，各自失笑不已。

大概"佛跳墙"等名菜，也曾被"禁锢"若干年。记得是二十世纪八十年代初期，某华侨回福州办喜事，邀我参加他的家宴，席间曾上一道"佛跳墙"。我隐隐地感到，这中间对我似乎还有某种"开禁"之喜。近若干年来，虽然年老，但时有外事活动，席间有时不免出现"佛跳墙"。可是，有了这些"因缘"或接触，"佛跳墙"给我留下的印象，坦率地说，看来并不太准。据云，"佛跳墙"是清同治年间的一道名菜，其做法据称是把海参、鲍鱼、鱼翅、干贝以及膀筋、羊肘、鸽蛋等和以调料，盛在绍兴酒罐内加以封口后煨了一夜而成，可谓集山珍海味之大全。可据称，此等佳肴及其调味在绍兴酒罐内经文火煨数小时之后，其味互相渗透，味中有味。可惜，我多次在宴会席上所见及的"佛跳墙"，其味并不如预想的那么美妙、高贵，甚或有某种大杂烩之感。最近在一篇文章里知道，有新加坡客人来榕在宴会上尝到"佛跳墙"，大不以为然，认为在"发祥地"所吃的这道名菜，却比不上新加坡酒楼所治之佳。这使我想到，这中间大约存在用料是否精当、工艺是否严守技法等问题。窃意，像"佛跳墙"这样的传统名菜，选料一定要严要精，做法上可以有所创新，但决不可丢失传统技法中之独到者。近来有好友大呼重振闽菜，不禁也把个人一点感受和浅见写出来，不知当否。

（首发于《闽北报》1993年9月7日）

蚶江笔记

六胜塔

石狮市的蚶江镇辖区有蚶江港和石湖港，均为古港，居于泉州湾的前沿，宋代的时候就相当繁荣，元代的时候尤盛。这里至今仍可见到宋代所筑的码头、渡口的遗址。据熟悉当地和整个泉州地域的历史文献的一位友人告知，为了适应当年兴旺的中外商贸之所需，当年所建造的古道古桥亦有遗址遗物可寻。蚶江有关宋、元时的海外贸易以及中外文化、宗教诸领域的交流所遗存的古迹和文物，当然远不及泉州市的丰富，但作为古港，其所具有的古代贸易港的文化气质，好像只能从历史中去感受，又好像从当前生活环境间也能够直接有所感触，在这一点上，与泉州似是一样的。

我曾于今年元宵节访问位于石湖港金钗山的一座古塔。这座塔史称由宋代高僧祖慧等募缘所造，为石塔，俗称六胜塔。此塔历经兵毁雷击，元代重建，二十世纪八十年代又加修葺。塔高三十多米，五层仿木楼阁形式，每层有塔门和佛龛，龛内置佛像，此外还有天神、力士等的石雕。据称，仍保持宋元时的建筑艺术原状。那天，海风大且烈，不便登塔眺望海景。我乃执意观赏此塔之整体结构和诸佛像诸天神、力士的造型，以感受数百年前不留姓名的建筑师和雕刻家的艺术心智。造此石塔，当然是佛门的一项盛举，但又产生由此延伸出来的多种意义和存在价值。譬如，它是作为一种古代珍贵文物和杰出艺术品而存在；它可视为宋、元时的海外交流和当地商业经济发达的实物见证；它是自古便为泉州湾中外海船的航标而存在，等等。此塔的价值显然超越了礼佛的原始意义。

我有一个设想，由政府邀请专家规划和设计，将六胜塔周围浇注水泥巩固塔基，将现有小路拓宽成水泥路，与通往港口的大道接轨，把这个地方建设成为一座海滨公园，成为当地老百姓、码头职工、外地游客前来观赏海景、品尝海鲜、度假休闲的好去处。近日，有人造访六胜塔后告诉我，塔周围不仅铺了草坪，而且有花岗岩的围栏，还铺了水泥路，已成为粗具规模的公园。从这一点，也可说明蚶江镇的变化至为可观。

古街

地方志称，蚶江在宋代已成为民居稠密、番船过往频繁的港口。它至今存留一条古街，原先形成于宋时。这条"宋街"，当年的繁荣景象如何，有无外来商贾、外邦宗教信徒或传教士在此居留，乃至终老在此，志书或地方传闻均未提及。这且按下不表。且说，清顺治十八年（1662 年），清政府在沿海各地执行所谓"迁界"的政策，即划一界线，将原居住于滨海的居民户强迫内迁至界线以内地区。如此，蚶江这条古街沦为废墟。

清康熙二十二年（1684年）复界，蚶江始于迁界前的遗址重新恢复街道。所以，我们现在所见的这条古街，称之为"清街"何尝不可？但也经历三百多年的岁月了。

此街长不及四百米，街道狭窄；路面听说原以碎石铺成，现在所见的是石条或石砖。两侧皆为低矮平屋；作为商店来看，铺面可谓又窄又小。偶尔见到三五平屋，上有筑以木栏的阁楼。这大概就是清代滨海港口市街的格局、模式？至今似乎还散发一种古代的商业气息。这条古街未被"改建"，因为留下这样一道历史景象，是合适的、必要的。蚶江另辟一条新街，其所体现和传达的当然是当代经济发展的面貌和商业信息。

行至古街接近街尾时，见到有一石墙内出现一个小小的神龛，神龛中间供奉一只小石狮，香火不断。这只古代的小石狮的造型，显现强烈的现代派色彩。这便是小石狮既有高度的夸张与变形，又有东方艺术的写意性格，更具有重视作品的内在之神似的品质。现在，这只小石狮还作为一种民间神物而被尊崇，还作为一种地域性的独特的古文化和艺术品而流传于世。

厝仔村

厝仔村处于宝盖山北麓，原为一座小村庄，种地瓜、花生和稻谷，人均收入不及百元。这样的小村庄，其房屋大多数是平屋，低矮、破旧；村路往往是泥路，遇雨天路面泥泞难行。正是对其过去只能设想其贫困状况的小村庄，现在看来是处处为我一时无法以笔墨描绘其富裕状况的地方。原名"厝仔村"，如今人们把它改称为"别墅村"。"别墅村"的村路为纵横交错、四通八达的水泥路，路面宽敞又整洁。路旁与别墅的连接处均为草坪，绿树成荫，多数种植亚热带的棕榈科植物或刺桐树。一座座别墅错落有致地、分散而又相对集中地屹立在这个村庄里，形成一种处于田园间的新型的住宅区。这些住宅的造型设计、建筑材料、内部装修等都含有都市高级住宅的性质。这几十幢别墅均为四层楼房，外观造型未必相同或相近，真是"多元化"的，但每座别墅均有阳台和宽敞的铝合金大窗户，周围都开辟草坪且种树。这个"别墅村"又给我以一种显现闽南民间乃至东方民俗的传统色彩的印象。我见到各户门前有的贴着春联，有的挂着红灯笼。在我的印象中特别感到亲切的是，我在一家农户的别墅前，见到在草坪中央有一口围以石栏的水井，现在不用吊桶提水，而是用抽水机将井水抽到屋顶的水塔，通过自来水管流往各层，每层有水龙头的，一打开龙头，井水哗哗流出，还比大城市的自来水清净。

这个村庄，现在人均收入达六七千元。其"致富之道"，据说是在耕地不抛荒的情况下，种果树，养淡水鱼，发展畜牧业和商贸业；还有一条很重要的思路是，利用侨乡优势，大量引进外资兴办工业。我以为蚶江镇厝仔村的致富之道，很值得有关专家的关注和探讨。

（首发于《人民日报》1993 年 11 月 16 日）

说睡眠

　　本文拟谈一点有关睡眠的见解，兼谈早睡早起的生活习惯。按说睡眠不外是一种生理现象或生理需要，一如饮食然；但它似乎并不若吃饭饮食之引起普遍的关注与重视。记得柏拉图在《理想国》里，尝言吃喝饮食的嗜欲为灵魂中最低贱的成分，这位崇尚精神生活之哲人之高论，我不便随意批评，因为我深信明智者对于此论自有看法。就东方文化而言，我觉得我国古哲的一些见解较为切实。譬如，与刘邦一道打过仗的郦食其，曾说"民以食为天"，此语几乎千古传颂。在儒家的经典著作中，如"饮食男女，人之大欲存焉"（《礼记·礼运》），"食色，性也"（《孟子·告子》），把吃饭饮食问题与男女相爱问题相提并论，且以之作为人性的基本需要提出来；而所谓"民以食为天"则更从社会学的视角提出吃饭饮食问题的重要性。

　　《击壤歌》传为帝尧之世的民谣，可称为我国流传至今的最初的一首民谣。其"日出而作，日入而息"，我以为实乃概括太古之世生民的生活规律。按我的设想，大概在烛和灯出现于人类社会之先，先民的日常作息均受昼夜交替的约束，日落夜降，便自然而然地休息；此处的所谓休息，不用说主要是指睡眠。这种人体的生理需求，与外界环境（严格地说，应是因月球和地球的运行所引发的昼夜交替）相适应的现象，现在看来平常而不足道。有时，我却觉得此实乃美妙之至，而且其中似乎包含只有某种宗教教义才能说得清的道理。

我想说一点自己的生活习惯，自以为是很好的生活习惯：即我从小便惯于早起早睡。作此文之前不久，偶然读到了朱湘的散文《徒步旅行者》。朱湘先生是二十世纪三十年代诗名颇著的诗人、英诗译者，其实他的散文似乎更为出色。在《徒步旅行者》中，在谈论及狗和雨对于徒步旅行者所带来的苦恼时，笔墨随意一点，说："……这个雨也并非'花落知多少'的那种隔岸观火的家居者的闲情逸致的雨"，此语对于孟浩然的《春眠》自然是一种"微词"。这使我想起小时在私塾就读时，塾师每日曾课以《千家诗》一首；诵及"春眠不觉晓"句时，当然不知此乃表达隐士之某种情意，却从字面"理解"，不觉对授课的塾师说道："这位写诗的先生贪睡！"塾师听了哑然失笑，随口斥道："不得对古人失敬！"但我记得他的口气十分平和。现在想来，我们那种"早起早睡"的生活习惯的确很小时便已形成。而且，顺便提一下，到了如今的暮年，似乎可说是分外严格地恪守这个生活习惯了。

自己曾略为寻思，却查不出何以从小便形成此等生活习惯。也许由于自幼体弱，至晚便非得上床就寝，否则体力不支？也许与自小便读了《朱子治家格言》有关。是文一开始便云："黎明即起，洒扫庭除，要内外整洁。既昏便息，关锁门户，必亲自检点。"是否还有其他原因，我想，这都不必去追究了。不过，我似乎确能从此等生活习惯中取得某种快乐或趣味。

比如说，每到我将就寝时分（具体地说，夏日大体在晚间七至八时之间，冬日在七时左右），我会感到一种愉悦，这便是我将摆脱日常事务的约束与外间声色干扰，以及得到如某文人所谓的"身体上的平静"，得到一种自由自在。大约就寝时，我便把室内电灯扭暗，开了收音机，听一点新闻报道或音乐作为"催眠曲"，于是很快便入睡了。我的早睡习惯，自然要付出"代价"。这便是，自己规定，晚间不访友、不会客、不赴宴（这点，略加说明：有时为了礼节问题，不得不勉强赴宴）、不看戏看电影、不上舞场或卡拉OK游乐场，等等。

由于早睡，必然早起。一生以来，看来都是"黎明即起"的。早起有一很大好处，即由于睡足而精神饱满，想象力也显得特别强，这对于我这一所谓"写作人"而言，大有好处。大约从二十世纪三十年代末期进入文坛以后，所作几乎均在黎明及随后的一些时间。我在1982年间出版的一本散文选的《前言》曾云："愿每天的曙明照耀我的晚年的书桌。我仍希望于自己的来日。"这点笔墨中间多少含有对于自己某一生活习惯的赞美之意。

（首发于《文汇报》1994年2月21日）

落日风景

近些年来，从寓所的阳台上，只能眺望西面的一片连绵的远山，因为这座城市其实是一座大盆地，原来可以眺望的其他远郊以及市区的三座丘冈，被那些以当代科学的先进建筑技术和材料所造的各色高层建筑物把视线阻断了。这些高层建筑物带着某种当代意识，譬如商品意识，目光炯炯地俯视附近那些低矮的、屋瓦呈暗灰的古旧民屋；尽管这些民屋中有的是清代乃至明代的建筑物，那里住过某些著名的文人、显官、巨贾乃至近代的启蒙思想家、海军宿将，具有某种历史文化的珍贵价值，也无不匍匐在那些高层建筑物的俯视之下。

这一天傍晚，似乎是出于我自己的某种习惯以及预感，我从书室里走到阳台上，向西面眺望。我想眺望似乎具有一种永恒性质而又永远变化的落日美景。呵！只见西边被落日照耀的云彩和天空以及落日本身，把扑朔迷离的种种灿烂和辉煌，把莫可名状的绛红、玫瑰红、橘黄、堇紫等的色彩和光，又照耀在那些现代化高层建筑物上，并从这些高层建筑的耸天的钢玻璃的墙幕间、化学涂料间反射出光怪陆离的、不可捉摸的、变幻奇特的色彩和光和气氛，成为一种与落日的美景相融化的、协调又不协调的奇景。而正在此际，我突然发现暮色过早地降

临于那些低矮的民居的瓦屋上面了，四面辉煌而那里暗淡……

当我回到书室内时，坐在藤躺椅上了，忽然没头没脑地想：每当历史走到某一急剧的转型期，总有一些事物勃起，一些事物萎缩，一些事物发展，一些遭受挫折以及命运的重新选择或是嬗变。

（首发于《散文诗》1994 年第 5 期）

琼芹的一幅画

在客厅里，近日挂上女儿的一幅画。这是一个秋天的下午，她为某种情感或是意象、联想所触发而画出来的？画中有一只蓝色的、瓶颈紧束的、扁圆形的陶制花瓶，有几片绿色、棕色的花瓣落于桌巾上。花瓶中所插的不是郁金香、非洲菊或索菲亚月季，不是具有中国趣味的兰花或山茶花；而是一只果皮呈褐色、草绿色的无花果，一只彩色的桃，一只正在旋转似的胭脂红、玫瑰红和草绿的儿童玩具——小小的风车，还有一只红色的气球。整帧画具有一种中国民间剪纸的趣味和欢乐心情。

我坐在躺椅上。也许出于一种天然的父爱，我对女儿说："我喜欢这幅画！"

女儿显得严肃起来。她过了好一会儿，才说："我不过想把一瓶花卉解脱出来……"

她随即告诉我，她曾在一次豪华的宴会的圆桌上，看到一瓶插花。她为一瓶花卉感到忧愁。她想使这瓶花卉从庸俗的约束中解脱出来，使它们不再受苦……

"哦！"

"但是，"女儿说，"不知怎的，在这幅画中出现的，已经不是原来的花卉了——我总以为原来的一些花卉在画中应该是一

种生命之新的伸展……"

我点首示意，这中间也许有些微赞许之情。

"爸爸，"女儿说，"我多么企望能够表达清楚画面以外的一些意思！譬如说，这个陶罐似的花瓶中，有水，有花卉的生命之泉……"

我开始注意到画中的这只陶罐似的花瓶的腹部。女儿原来在上面画上一个圆圈的图案，这图案是以蓝色的泉水构成的。我忽然感觉这泉水正在流动，感到瓶中的生命正在延伸，并得到解脱的欢乐……但我没有把这个感觉告诉女儿。

（收入《黄巷集》）

天空中的风景

所谓天空中的风景，我指的是，譬如日出、日落时的风景，月亮、云、星星在天空中创造的风景，等等。当然，还要指出来，某些禽鸟飞过空中，也是一种风景。庚午年九月初九日，即重阳节的迟暮，五时二十分许，我从画室内走出，到阳台上，看见天空中出现的景象，格外动人。而见到这种天空中出现的风景，为我事先所未料想到，是偶然见到的，因之心中不免有些惊喜。斯时，只见中天有许多不规则的圆形、扁圆形，说不清楚的某种圆形的灰色、淡白色和说不清楚的某种白色的云朵，连接成几条很长的云带，一直向西面伸展而去……斯时，只见西边实际的天空中，则几乎全是形状万千、巨细悬殊或相近的鹅卵石一般的云朵；在云朵和云朵所形成的空隙间，是蓝而深远的天空。而正当我谛视天空中的这种景象时，突然有一个感觉，突然心中生出一种联想，以为西边的天空中，出现一片实际的被鹅卵石铺成的海滩，而蓝色的海水正浸漫到这奇异的海滩上来。呵，正当我谛视天空中的这种景象时，突然看见天际所有的鹅卵石都突然染成玫瑰黄、玫瑰红，和说不出色彩的发亮的色彩，而中天原来由灰色、白色云朵连成的几条云带，这时也被染得好像发亮的孔雀羽毛……

　　这是庚午年重阳节偶然看到这个城市日落时分天空中出现的风景。这时，我想到我的女儿。她是学画的，近日正在作几帧强调色彩和装饰趣味的美术作品。我以为，画家对于自然世界的色彩、形状的出现和变化的感觉，可能远比作家敏锐。也许我没有力量表现的情绪，我的女儿会再现出来，但这时她刚好不在我的身边。

　　（收入《黄巷集》）